晴れときどき涙雨

高田 郁

ハルキ文庫

角川春樹事務所

晴れときどき涙雨

目次

はじめに

この本をお手に取ってくださって、本当にありがとうございます。

漫画原作者を振り出しに、創作の世界で生きるようになって、早や三十年になります。その間にエッセイ集「晴れときどき涙雨　髙田郁のできるまで」という同じタイトルのものを二冊、刊行させて頂いておりました。紛らわしい、とのお叱《しか》りを受けることを覚悟しつつ、この本が三冊目となります。

第一章におさめられている四十五編のエッセイは、もとは二〇〇五年から二〇〇九年の間に創美社《そうびしゃ》（現・集英社クリエイティブ）発行の女性誌「オフィスユー」で連載させて頂いたものです。二〇一二年に「長いあとがき」を加筆した上で、創美社さんで発行して頂いたのが、一冊目でした。二〇一四年に「それからの日々」と題したあとがきを添えて幻冬舎《げんとうしゃ》で文庫化したものが、二冊目に該当します。漫画原作者の時代に手掛けたエッセイは、今読み返せば、固くぎこちなくて気恥ずかしくなる反面、あの頃《ころ》だからこそ書けたものだ、とも思います。

作家としての私は、「みをつくし料理帖」シリーズ完結のあと、「あきない世傳《せいでん》 金と銀」シリーズを六年半に亘《わた》って書き続け、お陰様で昨夏、無事に最終巻を送りだすことが出来ました。

その間の邂逅《かいこう》や、折に触れて感じたことなどを記しておきたい。経験を重ねて私がどのように変化していくか、読み解いて頂けるような一冊に仕上げることが出来たなら――何時《いつ》しか、そんな願いを抱くようになっていました。

幻冬舎との出版契約終了に伴い、二年前に版権《はんけん》を角川春樹事務所に移しておりました。先のような想《おも》いから、この度、第三章を書き下ろし、装いも新たに今作を刊行させて頂く運びとなりました。

本編第一章「川富士立夏のころ」のエッセイには、折々に、今現在の私からのコメントを加えています。第二章「高田郁のできるまで」には、一冊目と二冊目の各々のあとがきとして書いたものを「若葉の季節」「それからの日々」としてまとめました。

そして、第三章「明日に繫《つな》ぐ想い」では、近年の出来事を含め、今、そして明日への想いを綴《つづ》っています。

二〇〇五年春から二〇二三年初春まで、時に俯《うつむ》き、時に顔を上げて、歩き続けたおよそ十八年間を、こうして一冊にまとめさせて頂くことが叶《かな》いました。最後までお付き合い頂けましたなら、望外《ぼうがい》の幸せです。

二〇二三年二月

感謝とともに

高田　郁　拝

第一章 川富士立夏のころ【2005～2009】

抱擁

【二〇〇五年四月】

五年前、私は夜間中学を舞台とした漫画作品の原作を書くため、二か月あまり、大阪の或《あ》る夜間中学に取材に入った。

Pさんは、その現場で出会った在日一世のハルモニ《おばあさん》だ。八十歳を過ぎた彼女は、当時、最高齢の生徒だった。誰《だれ》よりも早く教室に来て、一番前の席で小さな背中を丸めてカタカナの練習をしている姿が印象的だった。

夜間中学には、日本語の読み書きを学ぶ高齢者が多く、義務教育を修了できなかった背景には重い事情がある。気軽に話を聞くことは躊躇《ためら》われた。生徒さんたちにしても、取材者の私を警戒し、近付くと身を固くする人も居る。その警戒を解いてほしくて、私は常に笑顔を見せるようにしていた。だが、却《かえ》って不気味なのか、誰からも話を聞けないまま、時間だけが過ぎていく。そんな私を、Pさんは痛々しい気持ちで見ていたのかも知れない。

ある時、教室の前を通りかかった私は、Pさんに腕を取られた。「?」と思う私の背中にPさんの両手が回される。何が起こっているのかわからず、「え?　え?」とパニックになる私の顔を覗《のぞ》き込み、彼女は言った。

「いつもニコニコ。見てて幸せ」

そうして小柄な彼女は、再度、優しく私を抱き寄せた。彼女の温かい体温が私を包み、小柄な身体《からだ》全身で「大丈夫、大丈夫」と囁《ささや》いてくれているようだった。涙腺《るいせん》が決壊しそうになるのに耐え、私は、かすれた声で「私もPさんに出会えて幸せ」と言って、彼女の細い身体をそっと抱き締めた。そんな私たちの様子を、他の生徒さんたちが遠巻きに眺める。教室の空気は、とても温かだった。

Pさんは末期癌《がん》の告知を受けていた。静養を強く望む家族と離れ、通学のためにひとり暮らしをしている、と聞いた。学校の教室の中に、自分の机がある。教科書がある。何よりも、学校で学べる、という事実。それらがPさんにとって、望み得《う》る最高の幸福だったのだ。「学校が恋人」と語るPさんの言葉には、教育を受けるのが当たり前、という世代の私には計り知れない重みがあった。

夜間中学の取材が済んで暫《しばら》く経《た》った頃《ころ》、Pさんが入院した、との連絡を受け、お見舞いに駆けつけた。ベッドの上のPさんは、「寝ているか、食べているか」と私の身ばかりを案じ、「お願いだから休んでいて」というこちらの懇願にも耳を貸さず、歩行器にすがってエレベーターホールまで見送ってくれた。扉が閉まる寸前まで、Pさんは私の手を握っていた。

そんなPさんの訃報《ふほう》が届いたのは、昨秋のことだ。本人の強い希望により家族だけで送った、と聞き、彼女らしい最期に涙が零《こぼ》れた。

今でも夜間中学に行くと、Pさんと抱き合った教室の前で足を止めてしまう。両腕を自分の身体に回すと、あの時の抱擁が蘇《よみがえ》って来るようで、じんわりと胸が熱くなるのだ。

取材者いろいろ

【二〇〇五年六月】

テレビカメラマンの男性と飲んでいた時のこと。「取材を終えた後の方が、良い話を聞けるのでは？」という話題で盛り上がった。

取材、と聞くと身構えてしまう人も、こちらがペンを置いた途端に饒舌《じょうぜつ》になるのはよくあることだ。また、親近感が芽生えてお酒でも酌み交わす仲になると、「実はあの時は話せなかったけど」と打ち明けられることもある。

「テレビの場合、もっと顕著ですよ。カメラを回すと口の重い人も、撮影を止めるとお喋《しゃべ》りになる。実際、カメラを止めてる時の方が面白い話が聞ける。だから、止めた振りして回したままにしてること、結構あります」

最後のひと言が気になって、「でも、それを素材としては使わないでしょう？」と問うと、「使うに決まってるじゃないですか。その方が面白いんだし」という答えが返って来た。

たとえば巨悪と戦う必要があっての取材なら、そういう手段もありだとは思う。しかし、取材者を信用して答えてくれたであろう市井の人にそれをやるのは如何《いかが》なものか。込み上げて来た苦い気持ちをビールと共に呑《の》み込んだ。

いつもは取材する立場の私だが、時折り、取材を申し込まれることがある。できる限り応じようと思うのだが、取材者もいろいろ。全く取材せずに記事を書かれたこともあったし、見事に違う内容で取り上げられたこともあった。なるほど、人はこうやって信頼を砕かれるのか、と勉強にはなる。先の彼の台詞《せりふ》も重なって、テレビの取材は断るようにしていた。

NHKの報道番組制作者、O氏からの取材申し込みがあったのは、丁度その頃だった。阪神・淡路大震災のテレビ番組を制作しているので出てくれませんか、という申し出を私は即座に断った。O氏からはその後、「何かの参考になれば」と番組の資料が届くようになり、以後、私たちは時々メールを交わすようになった。

そして震災十年の今年。各局が競って「安易な感動」を垂れ流す中、O氏が制作に関《かか》わったドキュメンタリーが放送された。何年経とうと立ち直れない人々の悲しみを、余分な手を加えず脚色も施さず、ただ淡々と伝える手法。それが逆に見る者の胸を揺さ振った。

感想を綴《つづ》ったメールを送ると、折り返し、O氏から返信があった。そこには『周囲が再生していく中で自分達だけが取り残されている感覚に陥る度に、辛《つら》さが増していく。時が解決してくれる、というのは嘘《うそ》です』と語った被災遺族の言葉が頭から離れなかったこと、カメラによる取材を断られてもその後もずっと交流を続けたことが控えめに記されていた。

取材に応じてくれた人にも、また応じてもらえなかった人にも誠意を尽くす。そうすることで初めて生まれる絆《きずな》がある。取材対象者の信頼を砕くのも、絆を育《はぐく》むのも、取材者次第だ。O氏からのメールを読み返す度に、背筋がピンと伸びる気がする。

先生の鞄

【二〇〇五年八月】

漫画原作者としてデビューして十二年になるのだが、未《いま》だに取材初日の前夜は緊張と不安とで眠れない。そんな時、頭の中にイメージするものがある。よく使い込まれた革製の黒い鞄《かばん》。H先生の診察鞄だ。

まだ駆け出しだった頃、生まれて初めて取材をさせて頂いた相手が、そのH先生だった。

「満足死」の提唱者として知られていたH先生をモデルに、地域医療の実態を漫画にしたい、と取材を申し込んだ。当時、先生は七十代半ば。「漫画の原作?」と首を傾《かし》げながらも、取材を許してくださった。

診療所は朝六時過ぎには扉を開ける。早朝診療と言って、通勤・通学などで日中に受診できない人の診察をするのだ。そのまま通常の診察を終えると、午後は僻地《へきち》への出張診療。夜は七時から夜間診療に入り、終了は十時を回った。更に、電話一本で急患にも応じる。私はただもう先生の後を必死で追いかけた。取材のノウハウを学んだこともない駆け出し原作者としては、それしかできなかったのだ。

「要領が悪いなあ。何もずっと張り付いてなくても良いのに。テレビ局も何社か来たけど、もっとポイントを絞った取材だったよ」

夜中に宿に戻った時、旅館の支配人からそう声をかけられたのを覚えている。

要領の悪い取材者を不憫《ふびん》に思われたのか、H先生はいろいろな患者さんと私とを引き合わせてくださった。患者さんや診療所のスタッフの皆さんからお話が伺えたし、H先生にも随分勉強させて頂いた。当初の目的は充分に達成したはずだった。なのに、今ひとつ自分に納得できないのだ。

H先生は、必要事項以外、私と言葉を交わされることはなかった。取材なのだからそれが当然なのだが、当時の私には辛く、『取材者としての私は、信頼されていないのではないか？』との思いを強めて項垂《うなだ》れた。

明日は取材を終えて戻る、という日。その地方を集中豪雨が襲った。訪問診療に行く先生に、私はひとりで同行した。「どんな天候でも、何時になってもH先生は必ず来てくださる」とばかり、どの患者さん宅でも当然のように先生は迎えられた。何軒も回るうちに夜は迫り、横殴りの雨に傘はオチョコになる。足元はぬかるんで油断していると滑った。先生は、と見ると、医療道具を一杯に抱えて歩きにくそうにされている。見かねて「お持ちします」と手を差し伸べた。「では、これを頼みます」、そう言って差し出されたものを見て、ハッとした。年季の入った診察鞄だった。医師にとって一番大切なものを託された私は、その鞄を雨から守るために胸に抱え込む。ドキドキという自分の鼓動が聞こえるようだった。

時が流れ、取材を数多くこなすようになった今でも、あの時に手にした鞄の重さは私を勇気づける。原点なのだと思う。

あかんたれ

【二〇〇五年十月】

関西弁に「あかんたれ」（「た」にアクセント）という言葉がある。

意気地なしの根性なし、どうしようもないヤツ、といった意味合いで用いられるものだ。「ええ齢《とし》して、まだひとりでよう寝られへんのかいな、あかんたれやなァ」という感じで使われる。

ある年の初秋。父は大阪の病院の個室で危篤状態にあった。彼は生前、十七回入院し、十一回の手術を受けたが、その何回目の危篤だったかは失念した。ともかくその日、司法試験の論文式の合格発表が行われる予定だった。

今はどうなのか知らないのだが、当時、合格発表は霞《かすみ》が関《せき》の法務省内の中庭か、各々の受験地の裁判所の掲示板に、受験番号と氏名とを張り出す形式で行われた。発表を見に行けない人のためには、受験団体が合否を教える電話サービス窓口を設けていた。

酸素マスクをして眠る父を残し、私はテレホンカードを握り締めて、そっと病室を抜け出した。まだ夜間照明の点《とも》る前の病棟の廊下は薄暗く、ナースステーションから漏《も》れる明かりで、公衆電話が浮き上がって見えた。

死に向かおうとしている父に、私の合格の知らせを届けさせてください――祈るような思いで受話器を手にする。問い合わせが殺到しているのだろう、電話は中々つながらなかった。やっとのことで出た相手に、自分の受験地と受験番号とを伝える。膝《ひざ》ががクガクと震えだした。

残念ですが、と年配の男性は感情のこもらない声で言った。

「受験番号もお名前もありません」

首の後ろがヒンヤリとする。小さく礼を言って受話器を置くと、足は自然と父の病室とは反対側に向いた。

アカンなあ。あかんたれやなあ。

子どもの頃から、自分さえ何とかすれば今ある状況を変えられる、という局面でそうできた例《ためし》がない。トイレの手洗いで顔をバシャバシャと洗いながら、あかんたれ、

あかんたれ、と胸のうちで繰り返した。

病室に戻ると、父が目を開けて私の帰りを待っていた。発表がいつなのかは父に伏せていたのだが、私の様子を見て、察しがついたようだった。

「まだ死なれへんなァ」

マスクの下で、父は短くそう言った。

翌年も、その次の年も、更にその次の年も、私は受かることができず、その度に父は死の淵《ふち》から生還を果たした。思えば何とあかんたれな娘と、心配性の父親なのだろう。

あれから十年あまりの歳月が流れた。父は既にこの世にはなく、私はというと、かつての志とは全く異なる漫画原作の世界で「あかんたれ」を返上すべく、踏ん張っている。

時の流れとともに言葉遣いも変容し、「あかんたれ」は関西でさえ死語となりつつある。「へたれ」という情緒も何もない単語が横行する中で、それでもふいに誰かの口から「あかんたれ」という言葉が漏れることがある。

途端にあの日、まだ死なれへん、と言った父の声が蘇って、切なさで胸の奥がジンと痛くなる。

パンと牛乳

【二〇〇五年十二月】


「先生！」

駅ホームの雑踏の中で、誰かを呼ぶ声がした。

平成七年の阪神・淡路大震災の後、大阪—宝塚間を結ぶ電車が漸《ようや》く再開された日のことである。私の手には大阪の病院でもらい受けた薬の束が握られていた。父の命をつなぐ薬だった。早く家へ、と気が急《せ》く私の耳に、再び「先生！」と呼ぶ大きな声が聞こえた。

何気なく振り返ると、人ごみを掻《か》き分けてこちらに近付いて来るひとりの青年の姿が見えた。彼の目は明らかに私を見据えている。その青年の顔に、ふいにひとりの少年の面影が重なった。

『Y君だ』

私はハッと息を呑《の》んだ。

遡《さかのぼ》ること数年前。日本中がバブルに沸いた頃、私は学習塾講師の職を得ていた。大阪のとある商店街の片隅にある小さな個人経営の塾で、小学校五、六年生と中学三年生とを受け持った。

経営者は子ども好きで欲のないお年寄りだったが、いつの間にか美術品収集にのめり込んだ。バブルが弾《はじ》けるにはまだ少し間があったはずが、やがて塾に借金取りが押しかけるようになった。

給与の支払いは滞り、他の講師は引き揚げて、教室と生徒だけが残った。中学三年生は受験を控えていた。『とにかく受験が終わるまでは』とそこに踏み止《とど》まったのは、私自身、生き方に甘いところがあったが故である。

受験生の中で、なかなか合格の報が届かない生徒が居た。それがY君だった。周囲が次々に合格を果たす中で、その抱えるプレッシャーは相当だったと思う。やっと進学が決まった時は、教室中が沸いた。

塾が正式に倒産したのは、全員の進級・進学が定まった四月一日。皮肉にもエイプリル・フールだった。生徒たちに別れを告げて背中を向けた時、ひとりの少女が後ろ

から身体をぶつけるように抱き付いて来た。別れ難《がた》いのは私も同じ。ひとりひとり、教え子たちの頭をグリグリと撫《な》でながら、

「もうアカン、生きてんのシンドイ、そう思ったら、先生んトコ来なさい」

と伝えた。縁があって受け持った子どもたちである。できるなら支えになりたい、あの頃は確かにそう思ったのだ。

「先生！」

そう声を上げて私の元に駆け寄るY君は、少年から青年へと変貌《へんぼう》を遂げていた。立ち竦《すく》んだままの私に、彼は重そうな袋を差し出した。中を覗くと食パンと紙パックの牛乳がぎっしり。

新鮮な牛乳やパンなど、震災以降、口にしていない。私は声もなく、渡された荷をただ呆然《ぼうぜん》と見つめていた。

「ここで待ってたら会えると思って」というひと言を残し、彼は雑踏の中へ消えて行った。長時間私を待ち続けてくれた様子の彼に、何を話したのか、まともにお礼を言ったのかさえも思い出せない。ただ、手にした袋の重さだけが今も胸に残る。

教え子を支えたい、そう思っていたはずが、窮地に手を差し伸べてもらったのは私の方だったのである。

俗にいう「顔出し」はしませんが、書店さんでの館内放送や、ラジオ番組のゲスト出演などの「声出し」をさせて頂く機会が増えました。ひとの声は、年齢を重ねても、風貌《ふうぼう》ほど大きくは変化しないようです。

ごく最近のこと。FMラジオに出たあと、一通の手紙を受け取りました。

差出人を見てビックリ。かつての塾の教え子だったのです。手紙には「先生が作家になったことを知らず、FMラジオでお声を聞いて、『あっ！　髙田先生だ！』と気づきました」と認《したた》めてありました。彼女こそ、塾が倒産した日、後ろから身体をぶつけるようにして抱き付いてきた少女でした。

彼女や本文のY君を始め、縁あって沢山の子どもたちと同じ時を過ごした記憶は、今なお褪《あ》せることがありません。どの子も幸せでいてくれますように。

最初の一歩

【二〇〇六年二月】

昨秋、「オフィスユー」主催の原作大賞の選考委員を務めさせて頂いた。最終選考に残った作品を拝見していて、何とも言えない感慨を覚えた。応募者が、昔の自分と重なって仕方なかったのである。

私が漫画原作者になったのも、「ＹＯＵ」の原作大賞に応募して特別賞を受賞したのがきっかけだった。募集の告知を雑誌で見て、「書きたい」と思ったものの、漫画原作の書き方など学んだこともなく、どう書いて良いのかわからない。「漫画原作はシナリオ形式が基本」ということさえ、当時は知らなかった。けれど、自分の中にどうしても書いておきたい物語があった。

見よう見まねの小説形式で短い話を書き綴った。誰かに読んでもらって手直しするなど考えもつかず、ただもう無我夢中で書き上げて編集部に送ったのは十四年前の秋のこと。思い返せば、それが私の「最初の一歩」だった。

殆《ほとん》どのシナリオコンクールでは、形式不備のものは一次選考の段階で弾かれて、そのまま廃棄される。シナリオの体裁さえ整っていなかった私の作品も、本来ならそういう運命をたどるはずだった。けれど、形式的な理由では応募原稿を弾かなかった編集部によって、最終選考に残してもらえたのだ。

特別賞の受賞が決まった、という連絡を受けたのは翌年の四月十五日の深夜。丁度、勤め先の学習塾が倒産した二週間後のことだった。編集者の声を電話の向こうに聞きながら、あの時、応募を躊躇っていたら、この日は来なかったんだなあ、と思った。

いざデビューしてみると、同業者の多くがシナリオ学校で基礎をしっかり学んでおり、全くの素人の私はそこからが大変だった。今なお精進の途中である。それでも、最初の一歩を踏み出したことを後悔したことはない。

誰でも最初はアマチュアなのだ。心の中に書きたい思いがあるなら、形にした方が良い。今はシナリオの書き方の本も充実している。望みさえすれば道は幾らでも拓《ひら》くことができるはず。

「オフィスユー」では、今年もまた原作大賞応募作品を募集します。あなたも、最初の一歩を踏み出してみませんか？

※注　情報は二〇〇六年当時のもので、現在は原作大賞は実施されておりません。
ご了承ください。

一枚のビラが

【二〇〇六年四月】

毎春、私は天王寺夜間中学の生徒さんたちと駅前でビラまきをする。

「夜間中学の生徒募集です！　宜《よろ》しくお願いします！」

声を張り上げてビラを差し出すけれど、受け取ってもらえることは稀《まれ》だ。手の中の百枚のビラは一向に減らない。

毎年のことだけれど、メゲそうになる。

ビラまきに参加している夜間中学の仲間は高齢者も多い。皆、通行人に無視されても邪険にされても、粘り強くビラを差し出す。その姿に、私は今一度、手の中のビラを握り締めて歩行者の群れに向かう。これも例年のことだ。

「生徒募集のそのビラをね、小さく小さく折り畳んで、いっつもお財布に入れていたんですよ」

六年前、夜間中学に取材に入った時に、そう話してくれた生徒さんが居た。

学齢期に義務教育を受けられなかった彼女は、読み書きがままならない。一歩外に出れば、看板や標識、ポスターに表札、と文字が溢《あふ》れているのに、その一文字でさえ読むことができない。それを誰にも悟られないよう身を縮めて生きて来た、という。ある時、たまたま手にしたビラが夜間中学の生徒募集のものだと知って、それを宝物のように持ち歩いていたのだった。

『持ち歩いていただけ？　夜間中学の存在を知ったのなら、一日も早く連絡を取ってみれば良かったのに』

当初、そう思い首を捻《ひね》った。だが、それは当たり前のように義務教育を受けて来た者の驕《おご》りに過ぎない。

生徒さんの次の言葉は私の胸を貫いた。

「夜間『中学』ですやん。中学いうたら小学校卒業したもんが行くトコや。小学校もロクに行ってへんもんが行けるかいな……そう思ってねえ。校門まで行っては引き返し、次の日また行っては引き返し。そうやって何年も経ってしまいました」

誰もが高い高いハードルを越えて、必死の思いで夜間中学の門を叩《たた》くのだ。

ビラを持ち歩いていた彼女は、ある日、事情を察した娘さんに付き添われて学校を訪れた。面接したM先生に、擦り切れたビラを示して、学校で学びたい、と切々と訴えたとのこと。

「お財布の中からね、小さく畳んだビラを取り出して見せてくれはったの。それを見たら胸が一杯になってねえ」

M先生は、彼女の最初の様子を語る時、決まって涙ぐんだ。

取材に入った日、彼女が七夕の短冊に、

「わたしはしあわせ」

と書くのを見た。背中をまるめて、教わったばかりの平仮名を書いては消し、書いては消し。やっと書きあがったそれを彼女は笹《ささ》に吊《つ》るした。短冊からはみ出そうな大きな文字の美しかったこと。

夜間中学の入学式は春と秋の年二回。

夏が来ればまた、新たな生徒募集の活動が始まる。私たちの配ったビラは、どうなっただろう。破られていても捨てられていても仕方ない。けれど、たった一枚でも良い、夜間中学を必要とする誰かのもとに届いていて欲しい。

たった一枚のビラの奇跡を私たちは信じて、またビラを配る。

ふるさと銀河線

【二〇〇六年六月】

北海道の北見から池田まで、およそ百四十キロメートルを結ぶ第三セクターの鉄路、それが「ふるさと銀河線」だった。

今年に入ってからさまざまなメディアで取り上げられたこともあり、その名を耳にした人は多いと思う。それと言うのも、利用客が激減し経営が成り立たずに、廃線する運びとなったからだった。

「川富士さん、最終運行日は当然、行くんでしょ？」

いろいろな人から幾度となくそう尋ねられたが、「行きます」とは言えなかった。最終日など来なければ良いのに、というのが本音だった。

七年前の初夏。鉄道を題材にした漫画原作を書くために、その舞台になる場所を探していて、この「ふるさと銀河線」を知った。漫画の誌面に、陸別《りくべつ》という実在の町と、そこを走る銀河線をそのまま使わせて頂いた。それが可能だったのは、町と鉄道会社、その両方が快く許してくださったからだ。

取材が終わり、雑誌掲載が済んでも、私は陸別も銀河線も忘れることができなかった。ある時、いろいろなことに行き詰まって仕事を辞めよう、と思った際に、頭に浮かんだのも、このふたつだった。

思い立って、北海道に飛んだ。

銀河線の小さな車両に揺られ、一時間半ほどで、陸別に着く。

「立夏さん、お帰りなさい」

取材が縁で知り合った人たちが、そう言って迎えてくれた。

「突然どうしたの」とも「何故《なぜ》来たの」とも問われなかった。少し元気のない私を気遣ってか、日のあるうちは緑の中に連れ出し、日が落ちると個人宅で宴会になった。大いに飲んで食べて、笑い転げる。手洗いに立った時に、その家の本棚を何気なく覗き、息を呑んだ。

私の作品が掲載されている雑誌が、何冊も並んでいたのだ。

取材が終了して、作品との縁が切れてもう何年も過ぎているのに、その後も変わりなく購読を続けてくださっていたのだった。それまでその人たちから「頑張って」とか「応援してる」とか、声高に言われたことはなかった。こんな形で応援してくださっていたのだ、と思うと胸が熱くなった。

その頃から既に、銀河線の存続は難しい、という話は耳にしていた。「銀河線で北見の病院に通う高齢者も多いのに」と話す仲間たちの表情は暗かった。

何とか恩返しできれば、と思い、札幌のテレビ局の求めに応じて廃線見直しを訴えたりもしてみたのだが、力及ばず、廃止を決めた北海道の決定が覆ることはなかった。

そして、銀河線の最終運行日。

陸別の仲間たちとともに銀河線の勇姿を見送るべきだったのだろうけれど、やはり私にはそれができなかった。

もう辞めようか、と屈託した思いで銀河線の小さな車両に揺られた「行き」、陸別駅で仲間たちに見送られ「頑張ろう」と思った「帰り」。この何年か、ずっとあの旅を支えにして来た。

廃線から初めての夏を迎える今も、その事実を受け止められない私がいる。

陸別町を初めて知ったのは、一九九九年五月。道内を特急列車で移動中、手に取った雑誌の「銀河の森天文台」の紹介記事がきっかけでした。子どもの頃、天文学者に憧《あこが》れたこともあって、鉄路を乗り継ぎ、ふるさと銀河線で陸別駅を目指したのです。

駅舎の上階は町営のホテルになっていて、そのフロントに居られたのが、陸別開拓の祖「関寛斎《せきかんさい》」研究第一人者の斎藤省三《さいとうしょうぞう》さんでした。

星空と人情に惹《ひ》かれて通ううち、関寛斎氏の妻、あいさんの存在を知り、「いつか書きたい」と願う物語が生まれました。時をかけて取材を重ね、二〇一三年に「あい　永遠に在り」という小説を上梓《じょうし》することが叶《かな》いました。

あの時、天文台の記事に出逢《であ》わなければ陸別を知らないままだったでしょうし、斎藤省三さんを始め、陸別町の皆さんのご協力がなければ物語に辿《たど》り着くことも出来ませんでした。その巡り合わせの不思議を、想わずにはいられません。

ブルー・ヘブン

【二〇〇六年八月】

仏壇の無い家庭に育ったためか、ご先祖さまへの関心が極めて薄かった。

だが、ほとんどの人がそうだろうと思うのだが、齢を重ねると、ふと、「ご先祖さまってどんな人だったのかなあ?」と考えるようになる。母方の高祖父《こうそふ》(祖父の祖父)にあたる人が「和助《わすけ》」という名で、神社仏閣への寄進を趣味にしていた、という逸話を聞いてはいたが、高祖父はもとより祖父のことさえ深くは知らなかった。

『祖父のお墓を探そう』

そう思い立ったのは、去年のこと。祖父のお墓が大阪にある、というのを耳にしていたが、詳細不明のまま歳月は過ぎていた。話を聞かせてくれる親戚《しんせき》も居ない。というのも、祖父が三十代の若さで亡くなった時、祖母は「男児を産めなかった」ことを理由に、娘ともども婚家を追われ、それ以降、縁が切れてしまったのだ。

手がかりは、程よく整っていた。昔の家の住所を、当時小学生だった母が記憶していた。お墓は子どもの足で歩いて行ける距離だった、とのこと。早速、地図を片手に周辺の寺を訪ね歩いた。墓所の墓石をひとつひとつ、調べていく。同じ苗字《みょうじ》の墓石を見つけても、祖父の戒名を知らないために確信が持てない。保留して、また次の寺を探す。

最後に残ったのが、古い墓ばかりを集めたような墓所だった。ウロウロとさまよう私の姿が奇異に映ったのだろう、管理の女性から、

「どなたのお墓をお探しですか？」

と声をかけられた。事情を話すと、墓地図で該当する苗字のお墓を調べた上で、寺に電話で確認を取ってくれた。

「こちらのお墓、T市の○×さんが名義人になっておられますが、ご存じのかたですか？」

受話器を置いてそう問う彼女に、いいえ、と私は首を横に振った。念のためにご覧になりますか？　と言われ、案内を請うた。

見るからに古い墓石に、確かに祖父の姓が刻まれている。後ろに回ると「明治三十

九年建」の文字が読み取れた。上手く説明できないのだが、それまでにない感覚があった。右側面を見る。知らない戒名がずらずらと並んでいる、その下の台座部分。建立者の名に目をやって、思わず「あっ！」と短く叫んだ。「和助」という名前が読み取れたのだ。

「間違いないです。このお墓です」

震える声でそう伝えると、女性は「良かったですねえ」と笑顔を向けて立ち去った。

私はお墓の正面に回ると、膝を折って頭《こうべ》を垂れた。四代前のご先祖さまの建てたお墓に、祖父より前の世代が眠っているのだと思うと、何とも神妙な心持ちになる。どう挨拶《あいさつ》したものか、と顔を上げると、墓石越しに青い空が見えた。

高祖父も曾祖父《そうそふ》も祖父も見上げた同じ空だと思うと、目頭がじんわり温かくなる。耳元で「お帰り」という声が聞こえた気がした。

幸福の絵

【二〇〇六年九月】

記憶違い、というのは誰にでもあることなのだろうが、一枚の絵を自分の中で完全にすり替えてしまった経験がある。

「パリ市庁舎河岸のりんご市」という長い題名のついた絵を初めて見たのは、まだ学生の頃だ。樽《たる》から溢れそうなりんご、それを担ぐ屈強な男たち。りんごを手にした子どもの笑顔。絵の前に立っていると、市場の賑《にぎ》わい、庶民の息遣いが聞こえて来るようだった。

良い絵だねえ、と肩を寄せ合って絵を覗き込む両親の後ろ姿とあいまって、幸福な記憶として私の胸に刻まれた。若さゆえの傲慢《ごうまん》さで、未来は常に幸福の中にあると思っていた。

その後、年齢を重ねるにつれ、人生がそう思い通りには行かないことを学んだ。その最たるものが震災だった。瓦礫《がれき》と化した商店街が徐々に復興し、果物屋の店先に真っ赤なりんごが並んだ時、ふいにあの絵が蘇った。抜けるような青空、子どもの笑顔と手の中のりんごの鮮やかな赤い色。幸福だった頃の記憶が戻って、「大丈夫、私は大丈夫」と幾度も自分に言い聞かせた。家族の病気や死、といった辛い経験が重なり、不安で眠れない夜も、あの絵を思い出しては慰められた。

あの絵に会いに行こう。

そう決めたのは、震災で背負った借金を完済した時だった。二十年以上を経て再訪した美術館。妙なことに一巡しても絵を見つけることができなかった。あんなに大きな絵を見落とすはずがないのに、と戸惑い、スタッフに尋ねる。案内された一枚の絵の前で、私は棒立ちになった。

記憶の中で見上げるほどの大きさだったはずの絵が、意外に小さい。空の青もりんごの赤も全く鮮やかな色調ではない。第一、人物の表情もほとんど描《か》き込まれていないのだ。

その絵の前で長い時間たたずんで、ようやくひとつの推論に至った。どうやら私は自分が試練に晒《さら》される度に、この絵に勝手に色を重ね、勝手に表情をつけ、サイズまで変えて、幸福の記憶をもっと輝ける存在に改ざんしていたのだ。

*レピーヌという画家は、多くの作品を残したが、評価されたのはこの一点のみだったとか。それが東洋の美術館に飾られ、ひとりの女によってまるで違う作品として記憶されていた、と知ったらどう思うだろう。

勝手な思い込みをしてゴメンね、と私は、百年以上前に描かれたその絵に頭を下げた。


*スタニスラス・レピーヌ【Stanislas Lépine】（一八三五年〜一八九二年）は十九世紀フランスの画家。パリ近郊やセーヌ河畔の風景画を数多く残している。

差し入れ屋

【二〇〇六年十月】

出先で思いがけずポッカリと時間が空いた。

見上げると空が高い。こんな日に川べりを散策したら気持ちが良いだろうな、と思い、少し足を延ばして大川《おおかわ》に出た。

大阪の都市部を流れる大川は、春は両岸を満開の桜が飾り、夏は天神祭りで賑わう観光名所なのだが、その日、整備された遊歩道に人影は殆《ほとん》ど無かった。かなりの距離を歩き、飲み物の自動販売機を探して周辺をウロウロしていたら、ふいに高い壁に囲まれた建物が目に入った。大阪拘置所だった。

理由もなく心が波立って、足早にその場を離れようとした時、「差し入れ屋」と書かれた縦長の看板が視界に飛び込んで来た。拘置所内に居る人に差し入れる商品を扱う専門店がある、ということを知ってはいた。ちょっと覗いてみようか、と好奇心が首をもたげた。

錆《さ》びた看板と店構えとが、古くからそこで商っていることを物語っていた。開け放たれたガラス戸から店内を覗くと、雑貨や食品などが所狭しと並べられている。女性がひとり、店番をしている他、客の姿は無かった。冷やかしで入るのは躊躇われた。ゆっくりと店の前を通り過ぎると、その先にもう一軒、同じような差し入れ屋があった。

客が数人居る気配がして、ああ、良かった、入ってみよう、と思ったその時だった。ガラス越しに白髪の女性が肌着を吟味しているのが見えた。手にしているのは、おそらく男性用の長袖の冬用肌着。深く皺《しわ》の刻まれたその横顔を見た瞬間、私は弾かれたように店の前から離れた。

極寒の最中にも一切暖を取らずに過ごす「受刑者の母親」が居る、という逸話を見聞きしたことがあった。暖房設備の全くない獄中に居る我が子を思ってのこと。その母親が、先ほどの老女の姿に重なった。試練の中に置かれているだろう人の集う場所に、冷やかしで立ち入ろうとしたことが堪《たま》らなかった。

犯罪において、被害者の立場に置かれることほど辛いものはない。その家族も同様だ。そしてその一方で、「加害者の家族」というのもまた、思いを寄せられるべき存在だろう。

大川は秋の陽射《ひざ》しの中をゆったりと流れている。差し入れ屋の錆びた看板を振り返って、「どうかお身体に気をつけて」と胸のうちでそっと祈った。

○ラジオの神さま

【二〇〇六年十一月】

U氏は、民放ラジオ局で効果担当の仕事を専門にされておられる。効果音、というと三谷幸喜《みたにこうき》監督の「ラヂオの時間」に登場する藤村俊二さんを思い浮かべるかたも多いと思う。だが、U氏のすごいところは齢《よわい》七十を過ぎた今も現役で、ラジオドラマ作りの最前線におられる点にある。素材集めのためなら重い機材を抱え、フットワークも軽く何処《どこ》にでも出かけてしまうのだ。

縁あって、台本を書かせて頂いた際、

「川富士さん、あなたは言葉で相手を捻《ね》じ伏せようとする悪い癖があるね。ラジオドラマは耳で楽しむものだ。もっと易しい表現を心がけた方が良い」

と、端的に私の欠点を指摘してくださったのもこのU氏だった。丁度、書き手として迷路に入り込んだ時期だったので、この忠告は本当にありがたかった。

奈良の洞川《どろがわ》を舞台にしたラジオドラマの台本を書いた時のこと。

初めて訪れたそこは川のせせらぎの美しい場所で、川辺にしゃがんで耳を傾けるだけで心が洗われるようだった。私は台本に「川のせせらぎ」という効果音の指定を書き込んだ。指定はしたものの、特に川への深いこだわりがあったわけではない。

だが、台本を読んだU氏は、録音機とマイクを持って舞台となる洞川の川辺に立ち、その流れる音を収録したのだ。山間《やまあい》の日暮れは早く、それも初冬のことで冷気が足元から這《は》い上がって来る。小一時間はそうしていただろうか。同行した私や他のスタッフは、あまりの寒さに震え、足踏みしながら収録の終わるのを待った。

正直、何もそこまでしなくても、と思ったのだが、実際に出来上がった音を聞いて唸《うな》らずにはいられなかった。間違いなく私が最初に胸を打たれた、あの川のせせらぎが見事に再現されていたのである。

「雷鳴でも雨でも何でも、自然界にある音は、どれひとつとして同じものは無いんだよ」

以前、そう話しておられたU氏の言葉を思い出し、「参りました」という気分だった。

今年初め、そのU氏とお酒をご一緒しながら、私はこっそり打ち明けごとをした。時代小説を書いていきたいこと、そしていつかそれをU氏の手でラジオドラマにして欲しいと願っていること。「ラジオの神さま」は、盃《さかずき》を傾ける手をちょっと止めて、そんなに長くは待たないよ、と言って笑った。

幸せになろう

【二〇〇七年一月】

小児病棟の夜。どこかの病室で大人のすすり泣く声が漏《も》れていた。中学一年生だった私は個室のベッドの中で息を詰め、身を硬くする。子どもを失った親の悲しみがドアの隙間《すきま》から忍び込んでくるようだった。

「このクラスで一番気にくわんのはお前や」

女性の体育教師から名指しでそう言われた頃《ころ》から、いじめの試練は始まり、二学期の始業式、男子生徒によって暴力を振るわれた。肋骨骨折《ろっこつ》に内臓損傷で緊急入院した時、「もうこれで暫《しばら》く学校に行かなくて良いんだ」と思うと、心底ホッとした。いじめの事実を自分の中で抱え込んで漏らさなかった私、それに乗じて「事故」として処理した学校。何もかもが嫌で堪《たま》らなかった。

それでも「死」の誘惑に取り憑《つ》かれなかったのは、小児病棟で子どもに先立たれる親の悲しみを間近に見聞きしていたからだった。

「いじめられる側にも責任がある」。未《いま》だにそう言い放つ人がいる。原因のはっきりしたものならまだ対処の仕様がある。だが、いじめられる側の多くは、その原因がわからないからこそ苦しむのだ。女性教師の先のひと言は、「私は人から嫌われる人間なのだ」という自己否定の種となって記憶に残り、成人してもなお、心を縛った。だが、これには意外な顛末《てんまつ》が用意されていた。

十年ほど前、新聞に小さな記事が載った。無銭飲食に飲酒運転で、その彼女が捕まったのだ。公務員の不祥事として紹介されたその記事を目にした時、呪《のろ》いの鎖のようなものが音を立てて弾《はじ》け飛んだ。

「こんな人間のために今まで……」

そう思うと、哀《かな》しみと苦さと滑稽《こっけい》とが胸に込み上げて、私は涙を零《こぼ》しながら笑った。神様も味な幕切れを用意してくださったものだ、と、溢《あふ》れ出る涙を拭《ぬぐ》った。

世の中には、こちらの頭が下がるような立派な教育者が沢山いる。だが、その一方で、教師になるべきではなかった者が居ることも事実なのだ。そうした教師に関《かか》わった生徒こそ被害者ではないか。

理不尽ないじめに遭っている子どもたち、どうか死を選ぶ前に、あなたを苦しめた相手を見返す道を歩いて欲しい。いじめた相手への一番の復讐《ふくしゅう》は、あなたが真っ当な人生を歩いて、幸せになることだ。苦しんだ分、とびきり幸せになろうね。

「通りすがりの神さま」になり損ねた話 【二〇〇七年二月】

手袋を片方落とした時、あるいは手に持っていたはずの切符を落とした時、「落ちましたよ」と声をかけてくれるひとが居る。道に迷っていたら「同じ方向ですから」と案内してくれるひとが居る。こういうひとたちのことを、私は勝手に「通りすがりの神さま」と呼んでいる。振り返れば、沢山の神さまのお世話になって来た。受けた恩は、別の誰《だれ》かに返せば良い、そう思っていた。

ある晩秋の午後のことだ。取材先に急ぐ途中、見知らぬ老婦人が転倒する場面に出くわした。剥《は》がれたアスファルトに足を取られたらしい。顔面を強打し、眉間《みけん》が割れて血が滴り落ちていた。「大丈夫ですか？」と慌てて駆け寄って、ハンカチを差し出す。ありがとうございます、と彼女は言い、ハンカチで傷口を押さえた。それが見る間に真っ赤に染まる。

縫合しないとダメだろうな、と思い、顔を上げると直《す》ぐ傍《そば》に救急病院があった。「大丈夫ですから」と気丈に言う老婦人を説得、その荷物を持ち、手を取って病院に案内した。彼女の娘さんの連絡先を聞き、電話をかけて事情を説明する。本当なら娘さんが到着するまで付き添っていたかったのだが、こちらも約束の時間が迫っていた。後ろ髪を引かれる思いで、そのまま病院を後にした。

それから半月が過ぎた頃。携帯電話に見覚えのない番号の着信があった。警戒しながら出てみると、あの老婦人の娘さんだった。

「実は母は転倒した際に腕を骨折していまして、即入院、手術を受けました。あの時、声をかけて頂いて病院に連れて行って頂いていなかったら、と思うと冷や汗が出ます」

母がどうしてもお礼を言ってくれ、というので、電話機のナンバーディスプレイを調べてそちらの携帯電話の番号を知りました、とのこと。すっかり「通りすがりの神さま」気取りだった私は、お礼の電話を頂いたことで恐縮してしまった。

年が明けて、某日、自宅のチャイムが鳴った。表に、あの時の老婦人が、娘さんと思《おぼ》しきひとと立っていた。無事に退院しました、とお礼に見えたのだ。こちらの住所は伝えていないのに何故《なぜ》？

電話で名乗った苗字《みょうじ》と、雑談の中で出た「両親の代からこの地に住んでいる」という、僅《わず》かな手がかり。それだけを頼りに、母娘はお礼を言いたい一心で私にたどりついたのだ。「通りすがりの神さま」にはなり損ねたが、律儀な母娘の姿にこちらの方が神さまからご褒美をもらった気分だった。

古書の楽しみ

【二〇〇七年三月】

古本が大好きだ。ただし、高額で取り引きされる貴重本ではなく、ワゴンなどで並べて売られる類《たぐい》のものなのだが。それに、古書の手入れをしっかりする店より、少し大雑把な店の方が好みだ。ページの間にレシートやらメモ用紙などが挟まっていたり、書き込みや線引きがそのままにしてあると、妙にワクワクしてしまう。前の持ち主の痕跡《こんせき》が感じられて、何となく嬉《うれ》しくなるのだ。

いつぞや、ワゴンの中の推理小説を手に取ったら、登場人物欄の或《あ》る人名の脇《わき》に「犯人」、とご丁寧に赤いボールペンで書き込まれていた。ミステリーファンに最も嫌《きら》われる書き込みである。だが、私は前以《まえもっ》て犯人がわかっている方が安心して読める性質《たち》なので、面白がって購入した。

ところが、である。読み始めてみると、どう考えても、「犯人はそいつじゃないぞ？」と頭の中が疑惑で一杯になる。この先どんなドンデン返しが、と思ってワクワクと最後まで読んだら、やはり犯人は違う人物だった。何のことは無い、手の込んだ悪戯《いたずら》だったのである。おかげで平板なミステリーを数倍楽しく読めて、暫く笑いが止まらなかった。

本好きの多くは「本は大切に扱うべし。書き込みなどもっての外《ほか》」と、のたまう。ごもっとも、と思いつつ、図書館などの公共物ではなく、全くの私物である本への書き込みの中には、喜びや癒《いや》しをもたらすものもある。

以前、古本屋で見つけた「窓ぎわのトットちゃん」には、表紙をめくったところに、購入した日付とともに、こんな書き込みがあった。

「心の晴れないことがあった日に。○○駅近くの書店にて」

おそらくは年配の女性と思われる、綺麗《きれい》な筆跡。○○駅は、実在する私鉄の駅名で、私の住まいからそうかけ離れた場所ではなかった。その書き込みを指でなぞりながら、「心の晴れないこととは何だろう」「本を手放した、ということは、もうそれから解放されたのかなあ」と思いを巡らす。当時、私自身も勤め先が倒産して「お先まっ暗状態」だったから、余計に気になったのだ。買おうかどうしようか迷った挙句、もとの棚に戻した。

それ以来、古本屋で「トットちゃん」を見かける度に、書き込みを探してしまうようになった。せめて、誰かに大切にされていて欲しいなあ、と思いながら。

一過性全健忘

【二〇〇七年四月】

母が帰って来ない。

近所の整形外科を受診し、マーケットに買い物に回って、通常なら昼過ぎには帰宅するはずだった。なのに、その日に限って、夕暮れになっても戻らないのだ。ええ加減にせえ、と半ば怒りながら母の携帯に電話する。「今、何時かわかってるの？」と強い口調で言うと、邪気のない声で「時計を持って出なかったから。一体、今、何時頃なの？」と問い返された。午後六時を回っていることを告げると、電話の向こうで息を呑《の》む気配がした。

「そんな……。だって、私が家を出たのは午前中なのよ。そんな馬鹿な……」

母の混乱が伝わって来て、初めて私は事の重さを察した。そこを動かないで、と言って、転がるようにマーケットへ走る。母はショッピングカートにすがって、不安そうな表情で私の到着を待っていた。聞けば、病院を出てからの記憶がすっぽりと抜けているという。記憶のないまま、六時間も小さなマーケットを彷徨《さまよ》っていた計算になる。胸一杯に広がる不安を隠して、「大丈夫だから、とにかく帰ろう」と母の手をそっと握った。

他界した祖母は認知症だったが、階段を下りるようにゆっくりと悪くなったから、こちらにも心の準備をする時間があった。だが今回は違う。夜中、母が熟睡しているのを確認してから、布団に入って号泣してしまった。

ところが、である。翌朝になると、彼女は時間の観念も取り戻し、しっかり者の普段の母に戻っていたのだ。ワケがわからないまま、神経科の受診に付き添う。

ＭＲＩに記憶検査、知能検査などの詳細な検査を受けた結果、告げられた病名は「一過性全健忘《いっかせいぜんけんぼう》」というシロモノだった。

何じゃそれは？

医師の話によると、数時間から長くて一日分の記憶だけが無くなる症状を指すとのこと。原因も不明な代わりに自然治癒し、再発することも稀《まれ》だとの説明を受けた。

「その間、人格は保たれているので、周囲の人が気付かないケースも多いんですよ」

なるほど、母は代金を支払って買い物をし、顔馴染《かおなじ》みの店員さんとも挨拶《あいさつ》を交わし、誰にも不審に思われないままマーケットに居続けたのだろう。不謹慎だが『一過性全健忘、って割りに良いヤツじゃん』と思った。

振り返れば、忘れてしまいたい時間がある。消してしまいたい記憶もある。そんな時にかかってみたい気も、ちょっとする。

昭和三年生まれの老母は、今年、満九十五歳を迎えます。年相応に物忘れも増えましたし、本人が不安に思うことも多いでしょうに、存外、朗らかに「よく見ておいて、私があなたの『老い』の教科書よ」と申します。なので私も「そうか、老いるとはこういうことか」と日々、勉強させてもらっています。

私の読者のかたで、母と同い年の女性がお二人、いらっしゃいます。おひとりは千葉、もうおひとりはオーストラリア在住で、編集部宛《あ》てにファンレターをくださったのがきっかけとなり、母との間で、それぞれに手紙のやり取りが始まりました。

いやはや、昭和三年生まれの女子たちのクレバーなことと言ったら！　認知機能の低下を嘆きつつ、ウクライナの戦禍《せんか》を太平洋戦争の苦労に重ね合わせ、世界平和を希求するのです。コロナ禍が無事に収束したら、私も仲間に入れてもらって、女子会を開いてみたいなあ。

明日は味方

【二〇〇七年五月】

数年前、両眼《りょうめ》の網膜に立て続けに孔《あな》が開いた。思い通りにならない視界に心細さを覚えながら自問した。もし今、筆を折るとしたら一番の後悔は何だろう、と。「まだ時代小説を書いていない」――それが大きな心残りだった。

独学で時代考証を学びながら、こつこつと書き溜《た》めた。ある時、時代小説のみを対象とする文学賞が開催されるのを知った。選者は、山本一力《やまもといちりき》氏。『あかね空』で直木賞を受賞した時代小説作家だ。骨太で人情味あふれる作風は私の憧《あこが》れだった。「最終選考に残れば、一力さんに読んで頂ける」――そう思うと胸が高鳴った。原稿を送って三か月後、最終選考に残った、という連絡をもらった。浮かれるまい、と思うものの、やはり嬉しかった。その二か月後。

「残念ながら今回は大賞該当作なし、ということになりました」

編集者の淡々とした声を聞き、そうか、駄目だったか、と思わず目を閉じた。「お世話になりました」と受話器を置こうとした時。

「待ってください！　大賞該当作は無かった代わりに佳作と奨励賞が出て、あなたの作品は奨励賞に選ばれたんですよ」

それを先に言ってくれ、という言葉を呑み込んで、私は大きく息を吐き、見えない相手に頭を下げた。

そして臨んだ授賞式。

「やあ、おめでとう」

一力氏は右手を差し出して握手をしてくださった。大きくて温かな手。誌面で馴染んだ柔和な顔が一転して厳しい表情になったのは、選考委員としての挨拶を求められた時だった。

彼は、佳作と奨励賞、それぞれの受賞者の顔を交互に見ると、こう言った。

「選んだ方にも選ばれた方にも『責任』がある。それを忘れないでほしい」

背筋がピンと伸びる。何があろうと、選んだ側に後悔させてはならない、と自身にそっと誓った。ホテルでの会食が終わり、解散間際、私は勇気を振り絞って本を差し出し、サインをお願いした。

「ああ、いいよ」

一力氏はそう言って、表紙をめくったところにペンを走らせる。署名だけではなかった。

「俺《おれ》が一番好きな言葉なんだ」

返された本を見ると、大きな文字でこう記されていた。

【明日は味方】

これほど端的に勇気を与えてくれる言葉を私は知らない。皆の衆、今日は試練の一日だったとしても、「明日は味方」だ。

お客さま、ご無体な

【二〇〇七年六月】


ざっと二十年ほど前、短い期間だったが、某航空会社の国際線予約課というところで働いたことがあった。

国際線と言っても、掛かってくる電話の大半は予約確認で、マニュアル通りに受け答えすれば済むものだった。「結構やるじゃん私」と、良い気になりかけた頃、しっかりと落とし穴が用意されていた。

当時は「お客さま窓口」のような、問い合わせだけを専門に扱う部署がなく、電話を受けた者が質問に答えねばならなかった。ある時は渡航先の物価と天気予報を問われ、またある時は、ビジネスクラスで用意されるスリッパの素材とサイズの有無を問われた（ちなみに当時の正解は「革」「フリーサイズ」）。

「何年か前にホノルル線で見た洋画が忘れられなくて。ビデオを探したいので、タイトルを教えて？」と、電話の向こうで延々とストーリーを話すお客さまも居た。話術の巧みな人で、うっかり聞き惚《ほ》れてしまい、後で大目玉を食らった（タイトルは結局判明せず）。

浮気の愚痴を漏らされたこともあれば、電話を取るなり放送禁止用語を連呼される、なんてこともあった。「お客さま、幾ら何でもそりゃご無体な」という台詞《せりふ》をすんでのところで呑み込んだことも、一度や二度ではない。客商売は大変だなあ、私には向かないなあ、と骨身に沁《し》みた。

そんなある日のこと。

「新婚旅行から今日戻るはずの孫が帰って来んのじゃ」とお爺《じい》ちゃんから問い合わせの電話を受けた。「飛行機は無事に到着しておりますし、お孫さんも手続きを終えられてますよ」と伝えたが、お爺ちゃんは納得しない。

「まだ戻らん」「まだなんじゃ」と三十分置きに、名指しで問い合わせの電話が入る。『さっさと連絡せんか孫！』と見知らぬ孫（しかも仮にもお客さま）に胸中で毒づきながら、「きっともうじきですよ」とお爺ちゃんを慰めた。

夕方になっても孫は戻らず、従ってお爺ちゃんの電話も止《や》まない。不思議なもので、じわじわとお爺ちゃんの不安がこちらにも伝わって、『事故か、はたまた急病か』と、赤の他人の私までが心配で気もそぞろになる。

業務終了間際に、そのお爺ちゃんから「今、孫ん無事に戻ったばい。大阪で飯くってたごたる。心配かけて申し訳なか。ほんにありがとねえ」と明るい声で電話をもらった時は、人知れず万歳をした。

経験したありとあらゆる「ご無体」を消してしまうほど素敵な「ありがとねえ」だった。

大阪のオバちゃん

【二〇〇七年七月】

初めて上京した時、駅の売店で道を尋ねたら、即座に「駅員に聞いて！」とキックく返された。店員さんにすれば、買い物客でもない人間に際限なく道を聞かれる不条理を憤っていたのだろう。だが、そうした事情を理解するには私は子どもだった。「ほんに東京とは怖ろしいとこやなあ」と泣きそうになった。

さして間を置かず、またしても道に迷ってしまった。今度は大阪。近くに駅も交番も無い。途方に暮れていた私に、まず、後ろを歩いていたひとりのオバちゃんが「何処《ど》《こ》か探してんの？」と声をかけてくれた。

「ええ。キョーリツ病院に行きたいんです」

「キョーリツ病院なあ」

オバちゃんにも心当たりが無いらしい。ううむ、と考え込む彼女の姿に、周辺に居たこれまた大阪のオバちゃんたちが三人ほど、一斉に足を止めた。

「聞いたことあるで、キョーリツ病院て」

赤の他人のオバちゃん同士が、私のために懸命に「キョーリツ病院」を思い出そうとしてくれた。そのうち、ひとりが、

「あ、もしかして、向こうの大通りをずうっと行った先にある、あっこの病院と違う?」

と言い、残る全員が「ああ!」と頷《うなず》いた。

「そういうたら、病院あるある」

「そうやわ、確かキョーなんたら言う病院や」

気の良いオバちゃんたちの笑顔に送られて、ありがとうございます、と私は教わった方角に歩き出した。大通りをズンズン抜けて、半時間も歩いただろうか、大きな病院が見えて来た。やれやれ、と病院の看板を見上げると、そこにはキョーワ病院、と書かれていた。

「キョーリツ違うやん、キョーワやん!」

思わず脱力して、道にしゃがみ込む。ほどなく、クックックと笑いが込み上げて来

た。

大阪のオバちゃんは親切である。知らない道でも教えようとする。この時、身をもって学んだ。

時は流れ、私も、あの頃のオバちゃんくらいの年齢になった。先日、大阪の地下街で、女性が通行人に道を尋ねる場面に遭遇した。

行き先のビル名に聞き覚えがあって、思わず足を止めた。「第一ビルでしたら、この先を真っ直ぐ行って右です」と教えたら、とても感謝された。良い気分で歩き始めて、ハッと気付く。しまった、第四ビルを教えてしまった。

慌てて女性の後を追いかけながら、『ああ、私もれっきとした大阪のオバちゃんやわ』と思ったのだった。

新聞が運ぶ朝

【二〇〇七年八月】

牛乳配達と新聞配達。子どもの頃は、そのふたつで朝の訪れを知った。牛乳瓶がカチャカチャ触れ合う音を聞かなくなって久しいが、郵便受けに新聞の入る「カタン」という音で朝を迎えるのは、今も変わらない。

生前、父は、入院先でも新聞を読むことを好んだ。家族が届けるのを待ちきれず、ふらつく身体《からだ》を点滴棒で支えて売店まで買いに行っていた。朝刊を読まなければ父の朝は来ないのだ。

病室まで新聞を配達してくれるところはないか、家族で手分けして周辺の専売所を訪ね歩いた。だが、どこの専売所でも断られた。病室は五階。配達となるとエレベーターは使えず、急な階段を上り下りせねばならない。ただひとりの購読者のために、そんな効率の悪い仕事はしていられない——思えば当然の理屈だった。仕方ない、と諦《あきら》めかけた時、「よろしいですよ、配達させて頂きます」と、快諾してくれた専売所が一軒だけ見つかった。

「新聞、届いたで」

翌日、病室の父が、笑顔で新聞を示しながら言った。奨学生と思しき青年が、汗まみれで息を弾ませながら、父の枕元《まくらもと》まで朝刊を届けてくれたとのこと。

「初めての場所なので少し迷いましたが、明日からは、もう少し早くお届けできます」

その言葉通り、青年は朝、まだ病院が動き始める前に、父ひとりのために五階まで階段を駆け上がって朝刊を届けてくれるようになった。休刊日以外一日も欠かさずに。

おはようございます、と彼が新聞を差し出す。父も、おはよう、とだけ応《こた》えてそれを受け取る。他に遣《や》り取《と》りがあるわけではない。けれど、暗い病室に日焼けした逞《たくま》しい青年が新聞を抱えて入って来る、それだけで父は一日、健康のお裾《すそ》分《わ》けをもらった気分になれたのだと思う。

ふたりが挨拶以外で短い会話を交わしたのは、父の退院が決まった時だった。

「『おめでとうございます』言うて、えらい喜んでくれてなあ。笑った顔、初めて見た気ィする。ほんまにええ青年や」

と、自分も嬉しそうに笑って話していた。

父が亡くなって八年が過ぎた今も、奨学生らしき青年たちが新聞を配る姿を見ると、つい、「ありがとう」と声をかけたくなる。

今日も「朝」を運んでくれて、ありがとう。

煙が目に沁みる

【二〇〇七年九月】


小学生の頃、学校のすぐ傍に火葬場があった。その脇を線路が通り、高架を抜けると買い物客で賑《にぎ》わう市場がある。今なら問題にされるだろうが、当時は火葬場が通学路の風景に溶け込んでいる感じだった。生垣で囲われて中は見えないが、高い煙突から上がる煙を眺めて「ああ、焼いてはるわ」と友達と話しながら登下校したものだ。

場所柄、宮型の霊柩車《れいきゅうしゃ》ともよく出くわした。「すれ違うのは吉、追い越されるのは凶」と、子どもたちの間ではそんな占いが盛んに行われていた。霊柩車と出会う時に両方の親指を隠すのもお約束だった。そうしないと両親があちらの世界に引っ張られる、と誰もが本気でそう信じていた。

ある時、火葬場に入って行く自動車の窓に、友達の姿を見つけた。その子のお祖父《じい》ちゃんが亡くなった、という話だった。

風の無い、よく晴れた日で、火葬場からの煙は真っ直ぐ空に上っていく。一緒にそれを見上げていた友達が、「うっとこのお祖父ちゃんも、あそこで焼かれたんや」とポツリと言った。不慮の事故に巻き込まれて亡くなった子どもも、病に倒れた近所の小父《おじ》ちゃん小母《おば》ちゃんも、皆、同じように荼毘《だび》にふされた。そこで焼かれる人々は、必ず、どこかで誰かとつながっていた。「生」の続きに「死」があることを無言で教えてくれたのがあの火葬場だった。だが、ほどなくそこは取り壊され、遥《はる》か山間《やまあい》に、最新式の斎場が建設された。

移転先の斎場で、火葬に立ち会ったことがある。骨上《こつあ》げまで二時間。ソファで待つのが辛《つら》くて、そっと外に出た。見上げれば、スタイリッシュな建物に煙突は無い。今は煙までも焼き尽くすので煙突は必要ないのだそうな。吸い込まれそうな浅黄空《あさぎ》に、見えもしない煙を目で追って、ひとりたたずんでいた。いつの間にか、兄が傍《かたわ》らに立って同じように天を見上げている。

焼かれているのは、私たちの父だった。

「煙は無いのですが、やっぱり多くのかたが、そうやって外でお過ごしになられますよ」

斎場の係員がそう話していた。

時代が火葬場から煙突を消しても、ひとは心の目でそこから立ち上る煙を見送るのだろう。見えない煙が目に沁みた日。

サイン会で、あるいは出版社経由で届けられるお手紙で、大切な誰かを喪《うしな》ったかたの悲しみに触れることがあります。

こちらに死別の経験があったとしても、悲しみの手触りはそれぞれに異なります。予想外の別れであったり、大きな悔いを伴うものであったりする場合、そのひとに掛けるべき言葉を見つけあぐねて、惑うばかりのことも多いのです。

無理に言葉を探さなくて良い、何も出来ないけれど、傍らでじっと相手の悲しみに心を寄せるだけで良い——年齢を重ねるにつれて、そう思えるようになりました。

私自身がいつか終焉《しゅうえん》の時を迎えたなら、あちらの世界に沢山の楽しい思い出をお土産に持って行こうと思います。父に再会した時に「楽しかったんだよ」と笑顔で話せるように、毎日を丁寧に、心豊かに過ごすよう心がけています。

ネットの海で

【二〇〇七年十月】

その昔、架空の人物としてホームページを開設していたことがある。「おそろしく食い意地の張った女」という点以外は、住まいや仕事、家族構成など実生活とは全く異なる設定にしていた。別にご大層な主義主張を載せていたわけではない。どんなものを食べたか。どんな料理を美味《おい》しいと思うか。そんな「食」にまつわる他愛ない話題を取り上げては、勝手に楽しんでいた。

管理人の食い意地が同じような食いしん坊を呼び寄せたのか、日が経《た》つにつれて訪問者が増え、やがて三十人近くの常連さんに恵まれた。誰かが「我が家の畑で採れた野菜です」と、掲示板に画像を貼《は》れば、皆でわいわいとメニューを考える。「食欲がない」と書き込めば、消化の良い美味しいレシピが差し出される。顔も名前も知らない者同士が、連日、ご馳走《ちそう》談義に花を咲かせていた。

ある時、誰かが掲示板で小さな愚痴を漏らしたのをきっかけに、食べ物の話から人生一般に話題が広がった。「そんな日もあるよ」「大丈夫だから」と、常連さんたちの優しい書き込みに、管理人である私の方が癒されたり勇気をもらったりした。幾度か荒らされたこともあったが、底無しに深いネットの海の中で、居心地の良い休息場所となった。

その一方で、見知らぬ人たちと心が通えば通うほど、私は辛くなっていった。彼ら彼女らの想定する管理人は、実は存在しない。私が作り上げた架空の「私」なのだから。こんなことになるのなら、最初からありのままの私で出会うべきだった。今さら「実は」と打ち明ける勇気も持ち合わせていなかった。卑怯者《ひきょうもの》の私は、迷った挙句、多忙を理由にホームページを閉鎖することに決めた。

閉鎖を告知したら、ひとりの常連さんからメールをもらった。彼は実生活では、難病のお子さんの良き父親だった。メールには、自分はアルコールがダメなので、子どもが成人したらお酒の飲み方を教えてやってもらえまいか、それをひとつの励みにさせてもらえまいか、と記されていた。我が子の成長を願う父親の心情が溢れていて、「私で良ければ必ず」という返信を書きながら胸が詰まった。

閉鎖から長い時が経ち、私のホームページはネットの海の彼方《かなた》へ消え去り、もはや片鱗《へんりん》さえ残っていない。いつか、彼のお子さんとお酒をご一緒する時に嘘《うそ》を打ち明け、許してもらおう。その日が必ず来ることを信じている。

ひとつ釜の飯

【二〇〇七年十一月】

しまった、と思ったが遅かった。ぐうう、とお腹《なか》の虫が派手に鳴ったのだ。とある女性経営者を取材していた時のこと。それまで難しい表情で経営論を語っていた相手は、プッと噴き出した。いやはや、穴があったら入りたい。耳まで染まるのがわかった。

「もしかしてお昼、食べ損ねてしまったの？　社食で良ければ食べて行きませんか？」

「そんなご迷惑をおかけするわけには」

「遠慮しないの。お腹が空《す》いていたら、良い仕事はできませんよ」

ほどなく、会議室に社食の出前が届けられた。魚のフライにサラダ、豆腐とワカメの味噌汁《みそしる》、里芋の煮物。丼《どんぶり》のご飯からも湯気が立っている。

恐縮しながら、フライをがぶり。

「美味しい！」

と、思わず声が出てしまった。

「そう、良かった。遠慮なく召し上がれ」

「はい！」

出汁《だし》の効いた味噌汁も、味の滲《し》みた里芋も、美味しくて箸《はし》が止まらない。社食というより何処かの家庭の味がした。

「うちはね、その日のメニューが一種類しかないから全社員、同じものを食べるのよ。まあ、『ひとつ釜《かま》の飯』ね」

こんな会社で働くのは幸せだろうなあ、と思いながら、気がつくと丼もお皿も舐《な》めたように空になっていた。まあ、と彼女は目を見張り、クックックと肩を震わせて笑った。こちらもつい、本音が漏れてしまう。

「毎日こんなに美味しいものが食べられるのなら、私もここで働きたいくらいです」

「良いわよ。いつでもいらっしゃいな」

そんな会話を交わして別れた。社員にはなり損ねたが、彼女の笑顔と社食の味は、取材を終えた後もずっと温かく心に残った。

数年が過ぎたある朝。新聞を開くと、その会社の名前が目に飛び込んで来た。部下による不祥事。そんなバカな、と血の気が引く。案の定、その一事で会社の社会的信頼は失墜し、彼女は責任者として矢面に立たされた。

彼女にとって最も辛かったのは、「ひとつ釜の飯」を食べていた仲間に裏切られたことだと思う。窮地に立たされた人に、どう声をかければ良いのか、私にはわからない。けれど、一度ではあっても、私もまた「ひとつ釜の飯」を食べた仲間なのだ。落ちた信用を取り戻すことは、イチから築き上げるより遥かに難しいけれど、彼女ならできると信じて、遠くから静かにエールをおくりたい。

想いつないで

【二〇〇七年十二月】


兵庫県西宮市に、羽衣橋という美しい名前の橋がある。

今は堂々とした橋だが、私が幼い頃は、短くて狭い、小さな橋だった。叔母《おば》の家に行くのに、その橋を渡る。例年、この季節になるとそこに小さなツリーが立てられた。電飾のない慎ましやかなツリーには、高い位置にいつもクリスマス・カードが添えられていた。小さな私には背伸びをしても読むことができなかった。

ある年、私は中学生だった。手を伸ばすと難なくカードに届いた。

そこには、

「夙川《しゅくがわ》の子どもたちへ。ミスター&ミセス　オハラ」

と、記されていた。

オハラ夫妻とは一体誰なのか。何のために毎年、毎年、こんな場所にツリーを立てるのか。頭の中は疑問で一杯になった。

好奇心を抑えられず、周辺を尋ねて回った。

「以前、この夙川にオハラさん、言わはるアメリカ人のご夫婦が住んではってねえ」

橋の袂《たもと》の店の女主人が話を聞かせてくれた。

オハラ夫妻は、この地で幼い我が子を亡くし、失意のまま帰国。けれど我が子の成長を見守った夙川を忘れ難《がた》く、店主のもとに毎年、「羽衣橋にツリーを立てて」と依頼を寄越《よこ》す、とのことだった。

そのエピソードを聞いて以来、羽衣橋のツリーは私にとってただ美しいだけではなく、子を失った親の涙を含んだものになった。その後、叔母が引っ越したために、私が羽衣橋を渡ることはなくなった。

数年前、このツリーのことを新聞のエッセイに書いた。すると、読者のかたから「夙川のツリーは、今もありますよ」と連絡を頂いた。オハラ夫妻はとうに亡くなられたが、その遺志は地元の有志に引き継がれているとのこと。「点灯式にいらっしゃいませんか？」と声をかけて頂き、いそいそと出かけた。

阪神・淡路大震災で姿を変えた夙川の地。羽衣橋から夙川駅前に場所を移して、ツリーは飾られていた。明るい電飾に彩られた見上げんばかりの大きなツリーの下で、子どもたちがクリスマス・ソングを歌う。にこにこと見守る大人たち。我が子を失った悲しみを越え、夙川の子どもたちの成長を願ったオハラ夫妻の想《おも》いは、しっかりと受け継がれていたのだ。

誰かの切なる想いを、別の誰かが受け継いでいく。その現場に立ち会えるのは何と幸せなことだろう。帰り道、温かいものが胸に満ち溢れた。

忘れない

【二〇〇八年一月】


その日も激しい余震が続き、瓦礫《がれき》から土煙が立っていた。

阪神・淡路大震災から三日目、飲料水の確保は切実だ。傾いた家に老親を残し、水を求めて東奔西走する。漸《ようや》くポリタンク一杯の水を手にして帰宅すると、母と父が転がるように出て来て、玄関を指し示した。

そこには、ペットボトルの水やカイロ、救急薬に保存食料が山と積み上げられていた。

母が、目を潤ませて言う。

「お前の留守中に、Sさんが訪ねて来てくれはったんよ。荷物置いて、直ぐに帰らはったんやけど、途中で会わなかった？」

Sは、司法試験の受験仲間だった。法曹界を目指して切磋琢磨《せっさたくま》する同志ではあっても、たとえば「親友」と呼び合うほどに深い心の触れ合いを持ったことはない。そのSが何故？　立ち竦《すく》む私に、父が震える声で言った。

「あんなに小柄な女性がこれだけの荷物を背中に負うて、大阪から来てくれはったんやで。まだ電車かてここまで通ってへんのに」

そうそう、手紙を預かっていたわ、と母がポケットから封筒を取り出す。受け取って開くと、便箋《びんせん》の代わりに一万円札が重なって入っているのが見えた。震える手で数えると、十枚あった。私たち三人は声も無く、棒立ちになってそのお金を見つめた。

「これは受け取れない。返して来る」

内ポケットに封筒ごと捻《ね》じ込むと、私は家を飛び出した。深い交わりは無くとも、Sが塾講師の時給で細々と生計を立てていることを知っていた。

辛うじて電車の通っている駅まで追いかけたがSを見つけることができず、とぼとぼと戻る途中、大きな余震があった。立っていられず、その場に座り込む。こんな危険な中を、岩のような荷物を背負ってSは訪ねて来てくれたのだ。でも一体何故？

私は、幾度も彼女と自分を結ぶ絆《きずな》について考えた。

もしかしたら、と私は気付く。親しさの度合いなど関係ないのではないか。志を共にする友人が被災した――Sにとって、手を差し伸べる理由は、それで充分だったのではないか。そう思い至って漸く、私はSという友の本質に気付いた。「ありがたい」「申し訳ない」と思うと同時に自分が恥ずかしくてならなかった。

後日、漸く連絡が取れた際、心からの礼を述べる私に、Sはさらりとこう言った。

「あなたが私なら、同じことをしたと思う」

この友の信頼を裏切らない生き方をしたい。その時、強くそう思った。

機関車と本と先生と

【二〇〇八年二月】

昭和四十年代半ば。私の暮らす町には、まだ蒸気機関車が走っていた。小学校二年時の担任だったN先生は、その機関車に乗って学校に通っておられた。先生は大学を出たばかりの、涼やかな目をした美しい女性だった。

当時の私は内気で集団生活に馴染めず、そのことを先生も随分心配しておられたのだと思う。五年生の春休み、先生から「家に遊びにいらっしゃい」とお誘いを受けた。

先生の家は農家で、畑で独活《うど》の採り方を教わったり、先生お手製のお昼ご飯を頂いたり、夢のような時間を過ごした。日が傾き出して、もう帰らなければならないのか、と思うと半分泣きそうになる。

先生は、来た時と同じ蒸気機関車で私を送ってくださった。機関車の座席は対面式で、先生と向かい合って座ったものの、口を開くと「また遊びに行きたい」とワガママを言ってしまうのが恐《こわ》くて、私は眠った振りをした。

暫くして、そっと薄目を開けて先生を見ると、先生はバッグから文庫本を出して読み始めたところだった。瞬く間に、先生が本の世界に引き込まれていくのがわかる。ページをめくる度に、涙ぐんだり、ふんわりと笑顔になったり。そんな風に大人が夢中で本を読む姿を間近に見たのは、初めてだった。

やがて機関車は速度を緩めた。終着駅が近付いたのだ。先生は名残惜しそうに栞《しおり》を挟むと、本をバッグの中にしまった。先生に起こされて目覚めた振りをした私は、そっと先生のバッグを覗《のぞ》き込み、文庫本の題名を必死で覚えた。

壺井栄《つぼいさかえ》さんの『母のない子と子のない母と』。

帰宅してから、お小遣いを握り締めて本屋に走った。何軒目かで、先生の読んでいらしたのと全く同じ文庫本を見つけた。それまで大きなサイズの児童書ばかり読んでいた私には、手の中に納まる小ささが不思議で、落とさないように胸に抱いて家まで走った。

あの春の日から四十年近い歳月が流れ、蒸気機関車はとうに姿を消した。N先生は結婚を機に教壇を去られ、やがて連絡も取れなくなってしまった。

自室の本棚には『母のない子と子のない母と』が何冊も並んでいる。古書店で見つけると素通りができず、ついつい買ってしまうのだ。ページをめくると、蒸気機関車の匂《にお》いと先生の眼差《まなざ》しが戻って来るような気がして。

ありがとう

【二〇〇八年三月】

昼下がりの各駅停車。暖かい春の陽射《ひざ》しが溢れる車両に乗り込んだら、可愛《かわい》い先客が居た。真新しいランドセルを座席の横に置き、少女が窓に顔をくっつけてホームを見ている。少し大きめの制服は、沿線のミッションスクールのものだった。

窓の向こう、ホーム奥の階段で同じ制服姿の女の子が手を振っている。ともに新入生なのか、電車の窓ガラス越しに心細さを励ましあって、それぞれの帰路に就くのだろう。微笑《ほほえ》ましい光景だな、とふわふわ幸せな心地で、通路を挟んだ斜め前の席に腰を下ろす。

電車が発車する間際、三十代のスーツ姿の女性が駆け込んで、私のすぐ隣りに座った。女性は座るや否や、苛々《いらいら》と携帯電話を取り出して早撃ちの如《ごと》くメールを打つ。

刺々《とげとげ》しい空気が彼女を取り巻いていた。私は少し身体をずらして彼女との距離を取った。

電車は、その車両に私たち三人を乗せて走り出す。暫くすると、両側の桜並木が花のトンネルを作る場所に差しかかった。桜吹雪が息を呑むほど美しい。すると、先の少女が腰を浮かせて落ち着きなくキョロキョロし始めた。やがてその唇がわなわなと震えて、見開いた瞳《ひとみ》から大粒の涙がぽろぽろと零れ落ちた。

どうしたの、と私が声をかけようとした瞬間、隣りの女性がさっと立ち上がって少女の横に移った。女性は少女にハンカチを差し出して、どうしたの、と尋ねる。苛立ちも刺々しさもない、優しい表情だった。だが、少女はしゃくり上げるばかりで答えられない。

「定期を持ってるのね？　見せてくれる？」

女性は言って、少女の定期券を覗き込んでいる。どうやら少女は逆方向の電車に乗ってしまったようだった。

「泣かなくても大丈夫。次の駅でおうちに電話しようね」

女性は携帯電話を手に、次の駅で少女と一緒に降りた。窓ガラス越し、ホームに立つふたりの姿が見えた。少女は、ハンカチを握り締めたまま泣きじゃくっている。少女の家に連絡を入れているのだろう、携帯電話を耳に当てた女性が、ふと、こちらに視線を向けた。

私は思わず立ち上がって、ぺこりと頭を下げた。声には出さず、ありがとう、と心の中で呟《つぶや》く。私が少女にしてあげたかったことを、私よりも遥かに優しく、鮮やかにしてくれてありがとう、と。

女性は、一瞬戸惑ったように目を見張り、けれど、ふっと目元を和ませて、会釈を返してくれた。

スローモーション

【二〇〇八年四月】


信号は青だった。

あと少しで横断歩道を渡りきる、というところで、一台の自動車が減速せずに右折してそのまま突っ込んで来るのが目に入った。

え？　嘘、と思った瞬間から周囲の音が消え、目の前の情景がスローモーションになる。近付いて来る車体に目は釘付《くぎづ》けとなり、金縛りにあったように動けない。嘘、嘘、嘘、と唱えている間に撥《は》ね飛ばされて、頭からアスファルトに落ちた。

救急車で病院に搬送され、頭と首の検査を受ける。頭部打撲に顔の切り傷で全治一週間の診断だった。医師から「この程度で済んだのは奇蹟《きせき》だと思う」と言われた。確かに奇蹟かも、と自分でも思った。病院の待合室で、加害車両の運転手が待っていた。

八十路《やそじ》目前の老人だった。

相手があまりに高齢なので、責める言葉をグッと呑み込んだ。

「全面的にこちらが悪い」

警察で彼はそう語った。青信号を歩行する私の姿が見えていなかったのだ。

高齢者は水晶体の濁りで視野が狭《せば》まり、左右の歩行者に気付きにくい、という話は聞いたことがあった。よもや、我が身をもってそれを実証することになろうとは思いもよらなかった。

「厳重な処罰を望みますか？」

事情聴取で警察官に問われた時、私は、いいえ、と首を横に振った。幸い軽傷で済んだこと、相手が自らの非を認めきちんと謝罪したことからそう判断したのだ。

事故による外傷は後になって悪さをする。翌日から高熱が続き、右腕が動かなくなった。痛みにうなされながら、あれで良かったのか、と疑問が首をもたげる。

厳重な処罰を望まなくとも、彼はもう運転すべきではない。今回はたまたま私で済んだが、次は誰かを殺すだろう。どうして事情聴取の時にそのことに思い至らなかったのか。

この齢《とし》になるまでいろいろと恐い思いは体験したが、減速せずに突っ込んで来る自動車ほど怖ろしいものはない。否、その光景がスローモーションで見えることほど恐いものはないのだ。交通事故で命を落とした人の中にも、同じようにスローモーションで迫り来る加害車両に「嘘、嘘、嘘」と繰り返していた誰かが居るかと思うと、言葉もない。

ご高齢のドライバーさんに、声を大にしてお願いしたい。車が「なくてはならない足」という切実な事情も理解はできる。しかし、加害者になる前に、どうかご自身の判断で運転を卒業してください。その判断で、確実に助かる命があるのだから。

交通事故に遭ってから、十五年近い時が流れました。

私の場合、命を落としたわけでも、大きな後遺症があるわけでもないのです。それでも、一度傷ついた神経はなかなか元に戻ってはくれません。右腕には僅かに麻痺《まひ》が残り、長い文章を書き綴《つづ》っていると、文字が捩《よじ》れてしまいます。母の車椅子《くるまいす》を押す時にも力が入らず、度々、恐い思いをさせています。

車社会では、誰もが加害者にも被害者にもなり得ます。高齢ドライバーによって引き起こされる交通事故が社会問題化される一方で、事故に巻き込まれる高齢者が多いこともまた事実です。信号が青のうちに渡り切れないお年寄りを目にして、はらはらした経験をお持ちの方も多いでしょう。健やかな日常を奪うことも、奪われることもないように、と願うばかりです。

姫君の日々

【二〇〇八年五月】

このところ「姫」を名乗っている。

交通事故で全治一週間のはずが、右腕が動かない。精密検査の結果、中心性脊髄《せきずい》損傷、というおどろおどろおどろしい傷病名を頂いた。

握力四キログラム。お箸《はし》より重いものが持てないのである。まるで姫君のようではないか。事故の後遺症という現実にメゲるよりも、姫君の生活を楽しもうと思うことにした。

舞踏会の代わりに病院のリハビリ室に通い、王子様の代わりに理学療法士さんに会う。姫の日常はまことに忙しい。

「できなくなったことを数えるよりも、できるようになったことを数える方が、案外リハビリの成果が上がるんですよ」

理学療法士さんに言われて、姫は鷹揚《おうよう》に頷《うなず》く。初めは全く動かなかった腕が、リハビリで徐々に動くようになった。何とかお箸を使えるようになっただけでも素晴らしい進歩だった。

感謝の気持ちを忘れていたことを、姫は恥ずかしく思う。

姫のリハビリ仲間は、殆《ほとん》どがお年寄りである。思うように動かぬ身体《からだ》を嘆きつつ、スタッフに支えられてレッスンに励む。誰《だれ》かが難題をクリアすると、リハビリ室に小さな拍手が起こる。温かいなあ、と姫は嬉《うれ》しくなる。

まれに、頑張りすぎて失禁してしまう仲間が居る。床に広がる水溜《みずたま》りを見て、本人も周囲も困惑して固まる。そんな時、恥をかかさぬように気遣いながら、さりげなく後始末をする理学療法士さん。その優しさに、ほろりとする姫である。

事故に遭わなければ、知らずに済ませていた世界だった。絶望と失意、それを乗り越えての小さな希望の積み重ね。日々、勇気をもらってリハビリ室をあとにするのだ。

とはいえ、時々、姫であることを忘れて、

「早くバイクに乗りたい。まともな文字が書けるようになりたい。これでは仕事にならん」

と、訴えたりしてしまう。

すると理学療法士さんは、

「あまり遠くに目標を設定せずに、少しずつ、少しずつ、進んで行きましょう」

と、ワガママな姫を諌《いさ》めるのである。

根気良くリハビリを続けるうちに、「お箸しか持てない姫君」から「小皿も持てる姫君」、「パン皿も大丈夫な姫君」へと、地味ながら進化を遂げている。ゆくゆくは「ビールジョッキ（大）も持てる姫君」になりたいと切に願っている。

お兄さんといっしょ

【二〇〇八年六月】

何年か前のビールのＣＭで、「大人になってから、兄とよく話すようになった」というのがあった。ああ、わかるなあ、とテレビの前で思わず膝《ひざ》を打った。

私にも三つ違いの兄が居るが、兄妹の関係は、互いが成人してからの方が遥《はる》かに面白い。

親元でぬくぬくと育つ間は、双方に妙な競争心がある。社会に出て世間に揉《も》まれることで、それまで見えなかった相手の優しさや気遣いが素直に心に沁《し》みるようになる。血を分けた存在がいとおしく思えるのだ。

その昔、私は法曹界を志し、司法試験を受けては落ちる、というのを繰り返していた。兄は、妹が受験に失敗する度に、

「次は絶対にイケる。この俺《おれ》が保証する」

と、根拠も無いのに胸を叩《たた》いてみせた。親バカならぬ兄バカである。けれど、この兄バカにどれほど救われたかわからない。

法曹界を断念して物書きとして生きることを決めた時も、無謀な転身をたしなめるどころか、

「何があっても、お前は大丈夫や。その道で花を咲かす。俺が保証するで」

と、これまた何の根拠も無いのにドンと胸を叩いた。

昨夏、時代小説でデビューしたものの、なかなか次へとつながらない。中途半端な仕事ぶりがいけないのだ。書く環境を整えるために、収入につながる主な仕事をスッパリと断った。付き合いも全《すべ》て断ち、来る日も来る日も夢中で書いた。書くことに没頭している間は恐怖はない。けれど、夜中に目覚めて家族の気配を感じる時、世帯主としてこの先どうするのか、家族の幸せを守れるのか、と不安で不安で堪《たま》らなかった。

そんな時も、兄は例によって、

「焦る必要ないで。お前は大器晩成型なんや。俺が保証する」

と、これまた呑気《のんき》に言って胸を叩くのである。

だが、私は気付いていた。ミッション系の中高大一貫の学校を出たくせに、兄は昨

今、やたらとお寺参りをする。先日も大須《おおす》観音の画像が届いた。加えて、帰省した時にはお墓参りを欠かさない。お墓の前から必ず携帯メールを寄越《よこ》す。時々、電話で「今、善次郎《ぜんじろう》さん（祖父）のお墓の前やねん」と生中継までする始末である。

神仏やご先祖さまへの頼みごとの中の幾分かは、この不出来な妹のことだろう。案じる気持ちを押し隠して、「俺が保証する」と胸を叩く兄。その兄の言葉にすがって、妹はこれからも書き続けようと思う。

夏の影

【二〇〇八年七月】


私が子どもの頃《ころ》は、長い夏休みの間に一日だけ全校登校日が設けられていて、それは概《おおむ》ね、八月六日か八月十五日のどちらかだった。

十六歳の夏。その日は朝から容赦ない暑さで、身体が溶けてしまいそうだった。空席の目立つ教室で、残る夏休みをどう有意義に過ごすか、というような大して役に立たない生活指導を受ける。下校を許されたのは太陽が頭の真上に差しかかる頃だった。

高校は山の頂上にあり、林立するマンションの間を縫うようにアスファルトの一本道が下へ下へと続いている。

強い陽射《ひざ》しで焼かれたアスファルトが妙に軟らかく、足を運ぶ度に身体が沈み込みそうだった。蟬《せみ》の声ばかりが響いて、私の他に通行人もない。と、そこへ向こうから男性がゆっくりとした足取りで歩いて来るのが見えた。

目深に被《かぶ》ったよれよれの帽子。着ている長袖《ながそで》はもとの生地の色がわからないほど汚れている。後ろに何かを背負っているらしく、前屈《まえかが》みでこちらに向かって来る。表情は窺《うかが》い知れないが、浮浪者らしかった。じっと見るのもはばかられて、私は不自然に視線を地面に落とした。

擦《す》れ違う瞬間、言いようのない違和感があった。顔を上げると、通り過ぎる彼の背中がちらりと目に入った。背負っていたものを認めたとき、「背嚢《はいのう》」という単語が頭に浮かんだ。

『背嚢って、何やった？』

自問するが思い出せない。彼に覚えた違和感の正体もわからない。私は歩きながら、自分の影に視線を落とした。黒々とした短い影。

その瞬間、私は棒立ちになった。そうだ、男の足もとに影を見なかったのだ。嘘《うそ》やん、そう思いながら背後を振り返る。一本道のはずが人の姿は無かった。嘘やん、嘘に決まってるやん。ダダッと来た道を戻る。彼を見つけ足もとの影を確認して安心したかった。だが、どこにもその姿はなかった。

『そうや、「背嚢」て、確か、兵隊さんが背負ってはった鞄《かばん》のことやんか』

男の姿かたちが、どう見ても敗残の日本兵でしかなかったことに気付いて、愕然《がくぜん》とする。

その日、八月十五日は終戦記念日だった。

戦時中、この地に航空隊の軍事施設があったと知ったのは後のことだ。今も、あの時に見たものが白昼夢なのか、現実なのかハッキリしない。

ただ、八月十五日が巡って来る度に彼のことが脳裏を過《よ》ぎり、そっと手を合わせる。生きたくても生きられなかったひとたちの化身のように思えて。

街の灯

【二〇〇八年八月】

最寄り駅に降り立って、ふと、そこがまるで知らない場所に思えてならない時がある。シャッターが下りたまま、借り手のつかない店々。車の止まっていない駐車場。私が生まれ育ったところは、いつの間に、こんなに無機質で覇気のない街になってしまったのか。

目を閉じれば、昭和四十年代の街の情景が蘇《よみがえ》る。自動車が通れば土煙の舞う道。古い木造家屋が並ぶ中に、一軒の小さなタバコ屋があった。店主は着物姿に眼鏡のおばあさん。彼女は、幅四十センチメートルほどの小さな手売り窓から、いつも通りを眺めていた。

「車に気ぃつけるんやで」

「寄り道せんと、早う家に帰りや」

朝な夕な、通学路を行く児童にそう声をかける。

煩《うるさ》いなあ、関所みたいやなあ、と悪態をつきながらも、周辺の子どもたちはタバコ屋のおばあさんの声を聞いて育った。

ある日、遊ぶのに夢中で、気が付けば周囲は薄闇《うすやみ》に包まれていた。当時は、街灯も少ない上に、殆どの店が午後六時には商いを終えた。家々も雨戸を閉める。真っ暗な道を、心細さに震えながら走った。闇の中に小さな明かりが見える。タバコ屋の手売り窓から漏《も》れる灯だった。

「カボちゃん」

窓越しに、おばあさんが私の愛称を呼ぶ。

「あかんやろ。こんなに遅うまで遊んでたら。家で心配してはるで」

きつく叱《しか》った後、十円玉を差し出して、

「家に電話して、誰かに迎えに来てもらい」

と、赤い公衆電話を示した。

雨に打たれていれば傘を持たせてくれたし、暑気あたりした時は休ませてくれた。小さなタバコ屋は、私を含め、当時の子どもたちの避難所だった。

時々、他所《よそ》からタバコを買い求めに来る未成年者が居ると、

「あんた幾つや。子どもには売らへんで！」

と怒鳴るおばあさんの声が通り中に響いた。

身内も他人も区別なく、悪いことは悪い、と叱る大人が当時は確かに存在したし、他人から叱られることで、子どもも社会性や礼儀を身につけることができた。

やがてバブルが街を無謀な開発へと駆り立て、震災が街並みを一変させた。タバコ屋の在った場所は、今は駐車場になっている。どんなに目を凝らしても、あの手売り窓の明かりは見えない。

失った今だからこそわかる。あれは、消してはならない街の灯だった。

夕焼け小焼け

【二〇〇八年九月】


秋が深まる気配の、午後の大学図書館。

隣りで犯罪学の本を読んでいた友人が、

「どこかに行きたいなあ」

と、ぽつんと言った。

そろって司法試験に落ちて茫然自失《ぼうぜんじしつ》の日々を過ごしていた時だった。

「行こう、行こう」

私は立ち上がって、彼女の腕を引っ張る。

「一度行ってみたかった場所があるんだ」

いつも利用する路線バスの、停留所一覧の中に「夕焼小焼《ゆうやけこやけ》」という名前のバス停があった。気になって調べてみると、童謡「夕焼小焼」の作詞家、中村雨紅《なかむらうこう》の故郷と知れた。

この季節、遠くに山寺の鐘を聞きながら、実り豊かな田畑や、黄金色に染まる野原を散策すれば、どれほど心癒《いや》されるだろう。

八王子駅から陣馬《じんば》高原行きのバスに乗る。しばらく走ると、車窓には都内とは思えないほど深い緑が広がっていた。

「何やってるのかなあ、私たち。落ちたくせに勉強も放《ほう》り出して、バスになんて乗ってる」

友人が窓に目を向けたまま、自嘲《じちょう》気味に言った。

今なら笑い飛ばせる受験の失敗も、当時の私たちには、人生の舵取《かじと》りが見えなくなるほどの挫折《ざせつ》感を伴うものだった。

小一時間ほどで「夕焼小焼」に到着して、バスを降りた途端、私たちは愕然とする。思い描いていた光景など何処《どこ》にもなく、ただ、低い山々が迫る国道に、錆《さ》びたバス停の標識があるばかり。人の気配も無かった。

「どうする？　帰りのバスまでうんざりするほど時間があるけど」

「取りあえず、山の方へ行ってみようか」

木立の中の細い道を、あてもなく上っていく。見上げる空は木々に遮られてとても狭い。行けば行くほど寂しさが募るようだった。迷子にならないうちに、と来た道を引き返す。お互い、口には出さなかったけれど、駄目な者は何をやっても駄目なのだ、という諦《あきら》めに似た思いが身体中を巡った。と、その時。

「ああ、ほら見て！」

友人が西の空を指さす。

橙色《だいだいいろ》に空を染めて夕焼けが始まろうとしていた。見る間に周辺が染まり出す。山々も国道も何もかもが朱色の衣で覆われて、友も私もその中に融《と》けていくようだ。卑屈な思いや自らを卑下する気持ちまで引き出して燃やしてくれるような見事な夕映えだった。私たちは、どちらからともなく手をつないでいた。童謡の歌詞のように。

友とは卒業後、疎遠になった。今では名前さえ正確に思い出せないほどだ。ただ、夕焼けの中を歩くとき、あの日の手の温かさを想《おも》う。

初物を食べる時は

【二〇〇八年十月】

生まれ育ったのが兵庫県の片田舎のせいか、物心ついた時から周囲に奇妙な風習が溢《あふ》れていた。いや、正確に言うと、上京するまではそれが「奇妙」だとは微塵《みじん》も思わなかったのだが。

その最たるものが、初物を頂く際の習わし。西瓜《すいか》やら栗《くり》やらをその年に初めて食べる時、我が家では家族全員が初物を手に、南の方を向いて「アッハッハ」と声を上げて笑いながら食べるのである。

何故、南なのか（方角については諸説あり「西」とする識者もいる）、何故、笑いながらなのか、根拠は全くわからない。けれど物心ついた時からこれをやっていたので、どこの家庭でもするものだと思っていた。

上京して、友人の家でご飯を食べた時に、初物が出たので当然のように方角を確かめ、笑いながら食べたら、一瞬にしてその場が凍り付いてしまった。そこに至って初めて「人前でしてはいけない」と気付いた。

しかし長年身についた習慣というのは中々ぬけるものではなく、外で初物を口にする時、笑わずに食べると何となく落ち着かない。

ある時、取材先で会話が途切れた折りに、そんな話をした。年輩のご夫婦だったが、やおら、旦那《だんな》さんがテーブルの青蜜柑《あおみかん》に手を伸ばした。そして皮を剝《む》くと、突然、南の方に向き直って笑いながら食べ始めたのだ。

奥さんと私はポカンとしてその様子を見ていたが、そのうち、奥さんがククと笑い声を漏らす。

「なるほど、初物をこうして食べると楽しいものですなあ」

旦那さんは大真面目《おおまじめ》に言って、私に頷いてみせた。別れ際、

「いつもは気難しいひとなのよ。うちの習慣にしようかしら」

と奥さんが笑いながら言った。

思えば、受験に失敗した時も、災難に見舞われた時も、病の時も、悲しい別れがあった時も、食卓に初物が上がると、とりあえず私は、南の方を向いて笑いながら食べ

て来た。無理にでも「アッハッハ」と声に出して笑うことで、沢山の勇気をもらって来たのだ。そうして笑ってみることで、人生の風向きが変わることもある、ということを今の私は知っている。

店頭に蜜柑が並ぶ季節になった。あのご夫婦は、笑いながら召し上がっておられるのかなあ。だったら嬉しいなあ。

以前、講演会の席上で「初物を食べる時に笑いながら食べる、という習慣をお持ちのかた、いらっしゃいませんか？」と問いかけた所、ぱらぱらと手が上がりました。向かう方角こそ、東、西、南、とさまざまでしたが、「おおっ、友よ」と何とも心強く思いました。

我が家には、ほかにも奇妙な風習が残ります。節分の豆まきでは、「鬼は外、福は内」との掛け声のあと、「ごもっとも、ごもっとも」という合《あい》の手が入ります。ものもらいが出来た時は、パジャマの上着の裾《すそ》を木綿糸でぐるぐる巻いて、早く治るよう念じるのです。粉辛子や粉わさびを溶く時は、怒りながら。山椒《さんしょう》の木の芽を摘む時は、口をきいてはなりません。「謎《なぞ》だ」と首を傾《かし》げつつも、幼い時から今に至るまで続けています。

科学的根拠のない謎の風習ですが、日々の営みに彩を添えてくれるのは確かです。

落選ラプソディー

【二〇〇八年十一月】


時代小説で小さな賞を頂いたものの、次につながらない時期があった。何とか自分で道を拓《ひら》こうと、プロ・アマ不問の小説大賞に投稿することに決めた。

描きたいのは江戸時代の大坂。「そんなもの、誰も読まない」と言われながら、無我夢中で書き上げた。

六月のある日、その作品が最終候補に残った、という連絡を受け取った。その事実は、ごく身内にだけ伝えて、あとは発表まで隠し通そうと思った。だが、新聞社が絡んだ賞だったために、朝刊に小さな記事が載り、それを見た友人たちが連絡をくれた。

「見たよ、最終に残ってたね」

「ありがとう。でも発表まで知らん顔してて」

そんな遣り取りがあった。作品を渡してしまった以上、こちらにできることはもや何もない。あとは運を天に任せて次の仕事に取りかかろう、とそう決めていた。

季節が夏から秋へと移り変わる頃、私の気持ちの中に「欲」が生まれた。運を天に任せるはずが、のどから手が出るほど受賞したいと願うようになった。受賞すれば、本が出版される上に賞金がもらえる。そうなれば暮らし向きの不安からも解放されるだろう、とそんなことばかり夢想するようになっていた。

その浅ましさが、同じ波長のひとを引き寄せたのだろう。普段、さほど親交のないひとたちから頻繁に連絡をもらうようになった。

「賞金、すごい額じゃん。アテにして良い？」

軽い気持ちから出た言葉でも、それが度重なると、聞かされる側は鉛を呑《の》んだようになる。選考会が近付くにつれ、心は「取れる」と「取れない」の間を揺れる振り子となった。

そして迎えた選考会。受賞者にのみ連絡が入ることになっていたが、我が家の電話は夜半を過ぎても鳴らなかった。その夜を含め、数日間は自身の腑甲斐《ふがい》なさに心が捻《ね》じれて眠れなかった。一週間後、選考結果が新聞に大きく発表された。大賞を射止めたのは、前回も最終候補だった男性の手によるダイナミックな評伝。読む前からただならぬ魅力が伝わって、受賞は当然だなあと素直にそう思った。

気がつくと、私の周囲で騒いでいたひとたちは潮が引くように去っていた。あの騒ぎは何だったのだろう。呆然《ぼうぜん》としたあと、悟った。ほかの誰でもない、私自身の欲と弱さとを味わい尽くしてお祭りが終わったのだ、と。

落選して良かった。あのまま易々《やすやす》と受賞していたら、間違いなく大切なものを失っていただろう。「目先の欲にとらわれず、地道に努力しなさい」という声が聞こえた気がした。

おとなの流儀

【二〇〇八年十二月】


丁度、今頃の季節だ。

神田神保町《かんだじんぼうちょう》の古くて小さな寿司屋《すしや》に、若いカップルが手をつないで入って来た。その店のカウンターの隅に陣取っていた私は、思わず寿司を喉《のど》に詰まらせそうになった。

ともに十代。男の方は学生にしか見えない。女の方も、ブランド品に身を包み、化粧にも気合いが入っているが、顔立ちはひどく幼い。

店は、昔ながらの江戸前の寿司を親方が精魂込めて握る名店として知られていた。その時、店にいた客の殆どが中高年である。常連も居れば、私のようにごくたまに訪れる客も居る。いずれにしても、仕事なり暮らしなりを頑張っているおとなばかりなのだ。

若いカップルは明らかに場違いだった。だが、困ったことに当の本人たちが全くそれに気付いていない。親方が顔を上げて「学生さんですか?」と問うと、かすかに男が頷いた。

「あい済みません。社会人になってから、いらしてくださいまし」

親方の声には有無を言わさぬ強さがあった。

一瞬きょとんとしたあと、入店を断られたと悟ったカップルは、憤然と店を出て行く。引き戸が閉じる瞬間、「むかつく!」という女の黄色い声が響き渡った。

店内の客が一斉に、苦く笑った。若いふたりを笑ったのではない。自分たちの生きて来た時代の考えと、若い世代の尺度の違いを見せつけられた思いがしたからだった。

昭和生まれには、寿司屋のカウンターは、一人前のおとなになって初めて座ることを許される特別な場所、という意識がある。親の庇護《ひご》を受けているうちは立ち入り禁止。そういう暗黙の了解があるからこそ、初めて自分の甲斐性でそこに座った時の喜びもある。

この店の前で財布を確かめ、どきどきしながら暖簾《のれん》を潜《くぐ》った日を思い出す。もう、そんな話も通じないのか、と思った時だ。親方が誰に聞かせるでもなく、こう言った。

「ああして断った学生さんの中に、社会人になってから両親を連れて、うちの店に来てくださったひとも居るんですよ」

嬉しいもんです、と穏やかに話す親方に、店内の淀《よど》んだ空気が払拭《ふっしょく》された。尺度の違いを嘆くだけでなく、相手にきちんと伝え、考える機会を与える。それがおとなの流儀なのだ、と親方の横顔を見ながら思った。

あの男の子も、女の子も、一人前のおとなの顔になったら、大事な誰かをあの店に連れて行ってほしいな。

「姫君」からの卒業

【二〇〇九年一月】

昨年三月に交通事故に遭って以来、病院にリハビリに通っている。中心性脊髄損傷、という怖ろしげな傷病名を頂いて、当初は握力が四キログラムしかなかった。お箸しか持てないので、自ら「姫君」と名乗っていた。あの頃は、「あれもできない、これもできない」と嘆いてばかりだった気がする。

その時に、担当の理学療法士さんからかけられた、

「できなくなったことを数えるのではなく、できるようになったことを数えていきましょう。目標は遠くに設定しないで、できることから少しずつ、少しずつ」

という言葉に、以後、ずっと支えられている。思えば事故に遭うまで、理学療法士という職業のひととは無縁だった。リハビリにかかわるスタッフ、というぼんやりし

た認識があるだけだった。担当さんいわく、

「殆どのひとがそうですよ。ぼくも、夜中に病院の中を歩いていると、『どうしてまだ病院に残ってるの？』と聞かれます。どうも定時に仕事が終わるイメージみたいです」

生身の患者相手なのは、他の医療従事者と同じ。機能回復の記録にかかわるデスクワークも多く、仕事はリハビリ室での指導に限るものではないのだ。

実は、事故や病気でリハビリを受ける患者にとって、最も身近なのは、医師でも看護師でもなく、理学療法士だと思う。身体の回復具合を真っ先に感じてくれるのも彼らなら、時にメゲる気持ちを誰よりも早く察してくれるのも彼らだ。他の医療従事者には漏らしにくい弱音や本音を、一対一のリハビリの最中ならばこっそり零《こぼ》したりもできる。

時々、「痛いのはいやや。もう帰る！」と患者が叫ぶ場面に遭遇することがある。やつあたりとしか思えないような罵詈雑言《ばりぞうごん》を投げつける患者もいる。それでも理学療法士たちは、淡々と相手の感情が鎮まるのを待つ。傍《はた》で見ていて、頭が下がる思いだった。

そうした彼らに支えられて、私の握力は四キログラムから十キログラム、そして今

は十七キログラムになった。バイクもピアノも元通りには無理かも知れないが、十七キログラムあれば日常生活に大きな支障はない。

「すごいじゃないですか！」

担当さんの笑顔に、ありがたくて少し胸が詰まった。

この一年近く、リハビリ室の療法士さんたちにずっと伴走してもらっていた。不自由になった手で仕事をする辛《つら》さも、だから乗り越えられた。動かない腕だけではなく、心のリハビリまでしてもらって、そろそろ「姫君」も卒業の時期を迎える。

思い出も一緒に

【二〇〇九年二月】

馴染《なじ》みの店、お気に入りの店が、在った場所から消えるのは、結構こたえる。廃業にしろ、移転にしろ、そこにまつわる思い出が根こそぎ消えてしまう気がするのだ。

神戸三宮《さんのみや》に、Nという珈琲《コーヒー》専門店があった。吟味した豆と水とで淹《い》れた、香り高い珈琲を飲ませることで知られた店だ。両親ともに神戸出身ということもあり、家族で買い物に行った際など、必ずそこで珈琲と、サンドウィッチなどの軽食を取った。私がまだランドセルを背負っていた時から、かれこれ三十年以上、家族で通った店だった。階段下のソファの席が我が家のお気に入りで、家族が座る位置もそれぞれ決まっていた。

若かった両親が老い、私も子どもから中年へと齢《とし》を重ね、馴染みの従業員の頭にも白いものが目立つようになった。珈琲の味は変わらずに美味《おい》しい。そんな歳月の中で、震災があり、父の死があった。

それでもNがもとの場所に残ってくれたことで、私たち家族も神戸に出かけてNで珈琲を飲める幸せを思った。父の座っていた席をわざと空けて、一緒に居る気分にもなれた。

ある時、従業員から閉店の予定を知らされた。持っていた珈琲カップを取り落としそうになった。店は常連客も多く、また、観光客にも人気のスポットだった。

何故、店を閉じる必要があるのか。とぼとぼと帰宅して、どうしても諦めきれず、その店のHPから懇願のメールを送った。諦めのよい私が、そうした行動に出たのは生まれて初めてだった。

数日後、店から返信のメールを受け取った。そこには、長年の愛顧に対する礼のあと、思いがけない閉店の事情が綴《つづ》られていた。

Nは急な螺旋《らせん》状の階段を下りた地下にある。常連客も老い、手すりをつけるなどしたものの、階段の上り下りには難儀している。その姿を見ると申し訳なくてならない。また出入り口が一か所で、非常口も建物の構造上、設けることができない。もし火災が起きたら客の身の安全を確保することが難しい。悩み抜いた末、店を移転することにした、と。

メールの最後にはこんな言葉が添えられていた。

「使用していた家具や装飾品一切、新店舗に移します。どうぞご家族の思い出とともにお越しくださいませ」

後日、新しくなった店へ出かけた。馴染みの従業員がにこやかに迎えてくれた。

父の思い出は、今もそこに在る。

十年遅れの返信

【二〇〇九年三月】

デビューして十六年、これまで多くの読者のかたからお便りを頂いた。激励であれ叱責《しっせき》であれ、私の作品のために時間を割いて感想を綴ってくださったことが、何よりもありがたい。

時間を見つけて返事を書くのだが、差し出し人欄が空白だとそれも叶《かな》わない。出せなかった返事の中でも、特に気がかりなものがあった。

その昔、児童虐待を題材にした読み切りの原作を手がけたことがある。両親から虐待を受けたことが原因で、「一番大事なものを自分の手で壊すかも知れない」という強迫観念を抱いている少女の物語だ。

雑誌掲載から少し経《た》って、編集部経由で何通もの手紙を受け取った。その中に、実際に幼児期に肉親から虐待を受けて育った、という自らの体験を綴ったものがあった。便箋《びんせん》の冒頭は丁寧で美しい筆跡だった。しかし、彼女自身が受けた虐待の内容に踏み込むに従って、文字は乱れ、強い筆圧が数枚先にまで痕《あと》を残した。便箋をめくるごとに彼女の苦悩が溢れ出すようで、幾度も手を休めて天を仰がねばならなかった。

虐待の連鎖、という言葉が広く知られるようになったが、そのことが虐待を受けてしまった立場のひとをどれほど追い詰めるのか。

「主人公の『自分の手で大事なものを壊すかも』という恐怖は他人《ひと》ごとではなかった」と書かれた一文が胸に刺さった。

長い長い手紙の最後には、作品を読んで少しだけ救われた、というお礼の言葉に添えて、匿名で一方的に激情を吐露したことのお詫《わ》びが記されていた。

誰にも打ち明けられなかった積年の思いを便箋に託しただけで、私からの返事を期待する性質の手紙ではなかった。手紙が匿名であったことに、私は逆にホッとしてしまった。

当時も今も、彼女の苦しみを癒す術《すべ》を私は持たない。ことに当時は、経験を共有しない者がどれほど言葉を連ねても薄寒《うそさむ》いだけ、という気持ちを強く持っていた。

あれから十年近い歳月が流れた今、もし叶うならば彼女に「あなたの手紙は私の心に届きました」という事実だけは伝えたい。そして、できるならばこう言い添えたい。

あなたのことを思い出す度に、その幸せを祈っています。私に何ができるわけでもないけれど、それでもあなたの幸せを心から祈っています。

よろしおあがり

【二〇〇九年四月】


関西弁に「よろしおあがり」というのがある。地域によって「よろしゅうおあがり」だったり「よろしおあがりやす」だったりするのだが、お年寄りが居る家庭で今も使われることが多い。これは、ご飯を食べ終えた時に食卓で交わされる挨拶《あいさつ》なのだ。

「ご馳走《ちそう》さまでした。あ〜、美味しかった」

「はい、よろしおあがり」

と、まあこんな感じで使われる。

子どもの頃から耳に馴染んでいたので、よろしおあがり、と誰かに言ってもらわないとどうにも落ち着かない。大学進学のために上京してひとり暮らしをするようになった時も、自炊の食卓で、「ご馳走さまでした」「よろしおあがり」をひとりで言って食事を終えていた。

当時は、在籍する学部に女子はあまり居《お》らず、周囲は男子学生ばかりだった。いきおい、交友関係も色気抜きの男友達ばかりになる。

その中に、学食でバイトしているMという友人が居た。彼は、私や仲間が行くと、こっそり内緒で大盛りにしてくれたり、おかずを余分に入れてくれたりした。きれいに平らげて食器を戻す時に、Mに、

「ご馳走さまでした」

と声をかけると、決まって、

「お粗末さま!」

と勢いよく返って来た。ある時、不思議に思ってそのことを尋ねると、Mは関東出身で、「ご馳走さま」に対しては「お粗末さま」と返すのだと言う。

「関西では『よろしおあがり』だよ」

と私が言えば、Mを始めその場に居た数人が、

「食べ終わっているのに『おあがり』というのは納得できない」

と言う。

あまり細かく考えたことがなかったので、確かにどうしてだろう、と首を捻《ひね》った。

思えば、幼い頃は、お茶碗《ちゃわん》にご飯ひと粒も残さず食べた時に、親が頭を撫《な》でながら「よろしおあがり」と言ってくれた。焼き魚をひとりで上手に食べきった時もそう。嫌いな野菜を残さずに頑張って食べた時もそうだった。

だとすれば、「よろしおあがり」は「今から食べなさい」という意味ではなく、「しっかり食べてくれてありがとう、嬉しいよ」というニュアンスが隠れているのではないだろうか。

お粗末さま、のようにスマートでもなく、むしろ泥臭い印象の「よろしおあがり」だけれど、そこには食に対する感謝と、食べるひとの成長を喜ぶ心が溢れているように思う。

だから私は今も、こっそり自分で言っている。

ご馳走さまでした。よろしおあがり。

縁と絆

【二〇〇九年五月】

十年ほど昔のことだ。

家族旅行で浅草を訪れた際、街なかで父が体調不良を訴えた。周囲は道具街で、休ませたくとも適当な場所がない。その時、

「どうしました？」

と、交番のお巡りさんが声をかけて来た。警察官らしい、がっちりとした体躯《たいく》の男性だ。事情を話すと、どうぞ中へ、と父を招き入れて休息を取らせてくれた。彼が淹れた一杯の熱い紅茶で、父の頬《ほお》に血の気が戻った。

旅先で受けたこの親切が、父にはよほど骨身に沁みたのだろう。彼の氏名も知らぬまま、交番宛《あ》てに礼状を出した。数日後、

「お便りをありがとうございました」

と電話をもらった。先の警察官、Hさんだった。やがてふたりの間で季節の挨拶状が交わされるようになった。父は事あるごとに、

「Hさんの淹れてくれはった紅茶は、ほんまに美味《うま》かったなあ」

と嬉しそうに話していた。

そのうち、父の病状が悪化すると、それを案じたHさんから心優しい便りが届くようになった。ベッドで寝たきりになった父に、Hさんは、散歩で目にした季節の花や鳥、自然の光景を綴って届けてくれた。父はベッドの中でその手紙を幾度も幾度も、幸せそうに繰り返し読んでいた。

「Hさんな、春に休暇を取って、会いに来てくれはるんやて」

そう言って楽しみにしていたはずが、その春を待たずに父は逝《い》ってしまった。

「やっと休みが取れました」

と、Hさんが弾む声で電話をくれたのは、父の納骨の前日だった。その死を知ると、彼は電話の向こうで絶句した。

後日、我が家に焼香にみえたHさんは、父の遺影に深く頭《こうべ》を垂れて、

「もっと早く伺えば良かった。悔やまれます」

と繰り返した。

生前、父がHさんに飲ませたがっていた紅茶葉を渡すと、Hさんの双眸《そうぼう》が潤んで見えた。

Hさんと父、齢の離れたふたりの不思議な友情は、Hさん家族と私たち家族の間にそのまま引き継がれた。今も、Hさん夫妻から届けられた苺《いちご》の甘い香りが、父の仏前から匂《にお》っている。

袖振り合うも多生の縁、という言葉があるが、その縁を永続する絆《きずな》に変えてくれたのは、ひとえにHさんの人柄だった。父は最期の最期に最高の友を得て、残された家族に素晴らしい絆を残してくれた。

Hさんとの交流を綴った右のエッセイがきっかけで、警察勤務のかたがたからお手紙を頂戴《ちょうだい》することが増え、それが縁で、七年ほど前に警察学校の一日学校長を体験させて頂きました。

入学して間もない生徒さんたちにとって、私は親世代の年齢です。食堂で一緒に昼食を取りながら皆の旺盛《おうせい》な食欲に圧倒されたり、殉職者《じゅんしょくしゃ》の部屋を見せて頂いて過労死が多い事実に打ちのめされたり、と随分と感情を揺さぶられる一日でした。学校長というよりも、彼ら彼女らの母親になった気分でした。

先日、その時の生徒さんだったかたから、編集部経由でお手紙を頂戴しました。家族を得てとても幸せに過ごしておられる様子が読み取れました。七年ぶりに我が子から便りを貰《もら》った母親のように嬉しくて、深夜、手紙を前にこっそり祝杯をあげました。

見えないバトン

【二〇〇九年六月】

あっ、と思わず声を上げそうになる。

病院の待合室。向かいのソファに座ったひとが鞄から取り出したのは「八朔《はっさく》の雪」——出版して間もない私の著作だった。

我が家の近くの書店には、そもそも入荷自体がなかった。周辺の大型書店では、夥《おびただ》しい新刊の群れに埋もれて探し出すのも困難なほどだった。誰も手に取るひとなど居ないのかも、と思っていた矢先の出来事だった。

時代小説の世界に転身して二年。この二年は決して平坦《へいたん》な道のりではなかった。その経験が私を頑《かたく》なにしていたのかも知れない。目の前の光景がなかなか信じられず、見知らぬひとの読書する姿に心臓が早鐘を打った。

ある日、出版社の営業部から届けられた明細書に、一枚の便箋が添えられていた。普段、作者と営業さんとが接することはまずない。何かしら、と思いながら便箋を開くと、そこには女性らしい美しい筆跡で、新刊の売れ行きが好調であること、周囲に新作を待ち望んでいるひとが居ることが綴られていた。読みながら温かいものが胸に溢れた。

また、ある日。「八朔の雪」をゲラの段階から読んでくださっていた書店員さんから売り場の写真が届いた。作品を気に入り、販売促進に力を入れましょう、と胸を叩いてくれたひとだった。目立つ位置に専用の棚を設け、ポスターを貼《は》り、本を平積みにしてくださっていた。

「応援団あり、と思って頂ければ幸いです」と書かれた書店員さんからのメールに、涙腺《るいせん》が緩んだ。

原稿用紙に向かう時、作者は常に孤独の中にある。書き上げた作品の値うちは、だから自分の努力の重さだと思い込んでいた。けれど、それは大きな誤りだった。

担当編集者、装幀家、印刷所、広報に営業等々。原稿を受け取った瞬間から出版社の内外で、本にするため、売るための作業が始まる。製本されたものが書店員さんの手で棚に並べられ、最終的に読者の手に渡るまで、途切れずにつながれる、それはまるで「見えないバトン」のようだ。作品にはそんなバトンをつないでくれたひとたちの思いが加算される。

　私の本を手に取ってくださる見知らぬ誰か。その誰かの温かな記憶が加えられて、本棚に並べてもらえるとしたら、作者としてこれ以上に幸せなことはない。それに値するような作品を書き続けることで、バトンをつないでくれるひとたちに報いたいと心から思う。

車椅子を押して

【二〇〇九年七月】

亡くなった父が使っていた車椅子《くるまいす》を、十年ぶりに組み立てた。母が膝の不調で立てなくなってしまったのだ。母を車椅子に乗せて、片道一時間半の病院へ向かう。

昔は何でもなかった車椅子の操作が、今の私には難しい。交通事故の後遺症で右腕があまり良く利かないからだ。健康な時には何でもなかったのに、階段や坂、ちょっとした段差でさえ難儀してしまう。前もって下見をして、段差や階段のない平坦な道を選んでいるのだが、封鎖されていたり工事中だったりすると、立ち往生してしまう。

その日、早朝の大阪駅に居た。段差や階段の多い構内も、併設の百貨店の中を通ればすんなり大通りへ出られることは検証済みだった。ところが、百貨店の扉は固く閉ざされたまま。十時にならないと開店しないことを失念していたのだ。数段の階段がエベレストの如《ごと》く思われる。「途方に暮れる」という言葉があるが、まさにそんな心情だった。

その時である。

「大丈夫ですか？」

という声がして、ふたりの男性が駆けて来るのが見えた。制服姿の駅ビルの警備員さんだった。ふたりで息を合わせて重い車椅子を担ぎ上げ、階段を上り降りしてくださった。

好意が身に沁みて、母とふたり、幾度も幾度も頭を下げてお礼を言う。お気をつけて、の声に見送られてホッとひと安心。初めてのルートをたどって大通りを目指した。ところが、大通りの手前でまたしても階段に遭遇してしまう。通りがかりの誰かに、と思うのだが、通勤時間のため、どのひとも気ぜわしい足取りで、声をかけるのも躊《ため》躇《ら》われた。

「済みません！」

そんな声に振り返ると、先のふたりの警備員さんが息を切らして走って来る姿が目に入った。

「こちらに階段があるのを忘れていました」

済みません、済みません、と言いながら、また車椅子を持ち上げて最後の階段を降ろしてくださる。謝るのは私の方なのに、と思いながら、ありがたくて胸が一杯になる。

思い返せば、父の介護の最中も、こんな風に誰かの温かな好意に一杯甘えて来た。見知らぬひとの優しい思いやりに幾度となく救われた。けれど当時、介護で一杯一杯だった私はちゃんとお礼を言ったのかどうか……。

振り向くと、警備員さんの姿は雑踏の中へ消えていた。その方向へそっと頭を下げた。

なんの花か薫る

【二〇〇九年八月】

今年の五月に出版した拙著「八朔の雪」が、週刊文春の「R－40本屋さん大賞」の文庫本部門の第一位に選ばれた、と連絡を頂いた。誌面掲載に際して、文春さんから取材の申し込みを受けた。

昼下がりのホテルのティーラウンジ。現れた編集者は、折り目正しく質問を重ねていく。とても有能な編集者で、事前に、漫画を含め、私の手がけた全ての出版物を読み込んでいた。テーブルの上に積み上げられた本に手を置いて、彼はこう言った。

「漫画原作者としての幅広い経験が、髙田さんの基盤になっているのですね」

漫画原作者としてデビューして十六年。

消防署や放送局、夜間中学、葬儀社、等々――これまで色々な場所に赴き、数えきれないほど多くのひとの話に耳を傾けて来た。その経験が私の財産だと思っているので、そんな風に評価されたことは本当に嬉しく、ありがたかった。

遣り取りを重ねたあと、彼から「尊敬する作家と、好きな作品をひとつ挙げてください」と。途端に、いろいろなことが蘇って来た。

四十代も半ばに差しかかった、ある日。何の気なしに本棚から山本周五郎さんの短編集を手に取った。周五郎さんは亡父の大好きだった作家のひとりで、物心ついた時から、彼の作品が家の中に溢れていた。その本も子どもの頃から幾度となく読んでいたものだった。

中の一編を読み進めて行くうちに、不思議な感覚にとらわれた。ストーリーは熟知しているのに、そこに描かれている情景や、人物描写、会話に至るまで、これまでに感じたことのないほど鮮やかな色彩をもって胸に迫った。男の狡《ずる》さ、女の哀《かな》しさ、生きることの切なさが、見事なまでに表現し尽くされている。読みながら、「ああ、これは今の齢に読むからこそ理解できる感情なのだ」と思う。読み終えたあと、暫《しばら》く本を膝に置いて放心してしまった。

この世界へ行きたい、ここまで表現できるようになりたい、とそんな憧《あこが》れを抱いた。網膜に孔《あな》が開いて、もしかして筆を折らねばならないかも、という状況になった時に、この一編を想った。

『私は、まだあの世界に足を踏み入れてさえいない』

漫画原作から時代小説へ、転身しようと思った。

この時、私の背中を押してくれたのは、山本周五郎さんの「なんの花か薫《かお》る」だった。

また逢う日まで

【二〇〇九年九月】


この「晴れときどき涙雨」を連載させて頂くようになって四年半が経ちます。

普段、活字になった自身の作品を読み返すことがあまりないのですが、この度、「晴れときどき涙雨」の第一回分から読み直してみました。そして密《ひそ》かに赤面してしまいました。

川富士立夏、という筆名で漫画原作の世界へ飛び込んだのが十六年前。髙田郁、という本名で時代小説の世界への転身を図ったのが二年前。殊《こと》にこの二年間は自身にとって試練の歳月でした。この時期にあたる「晴れときどき涙雨」を読んでいると、その頃の記憶が呼び戻されるようです。

網膜に孔が開いたこと、交通事故に遭い、右腕があまり利かなくなったこと、某文学賞の最終選考で落ちたこと……。

書いている当時は、胸のうちに宿る不安を表に出すまい、と心がけたつもりではありますが、時を経て読み返すと、いやはや、結構な泣きごとを漏らしています。エッセイとは個人的な経験を綴るものではあるけれども、こんな弱音を、と思うと恥ずかしさに項垂《うなだ》れてしまいます。当時は至って平常心のつもりでいたのですから、余計に身の置き所がありません。

本人にわかるほどですから、第三者である読者の皆さんにも伝わっていたはず。そのためか、編集部経由でよくお便りを頂きました。その一通、一通にどれほど慰められ、勇気づけられたか知れません。この場を借りて、厚く御礼を申し上げます。

いろいろなひとのご尽力のおかげで、書き下ろし時代小説「八朔の雪　みをつくし料理帖」は好調に滑り出すことができました。最近、とみに小説の神様に「よそ見をするな」と言われている気がしてなりません。なので、このあたりで川富士立夏としてのこの「晴れときどき涙雨」にピリオドを打とうと思います。

この四年半の間、私の背中を押してくださったのは、「オフィスユー」の読者さんたちでした。時に凹《へこ》み、時によろよろになる私に、

「大丈夫！　ちゃんと読んでるよ！」

と声をかけてくださったから、走り続けることができたのです。ご声援を胸に、私なりのペースでこれからも走っていこうと思います。

次号から岡田理知《おかだりち》さんの作画で「八朔の雪」が漫画化されることとなりました。今度は作品解説のコラムで、髙田郁としてお目にかかりたいと存じます。

最後にもう一度、

「読者の皆さん、長い間、本当にありがとうございました！」

第二章 高田郁のできるまで【～2014】

若葉の季節

「川富士さん、いえ、高田さんは、経歴に必ず『漫画原作者』って入れていますよね。あれが嬉《うれ》しくてね。漫画への愛情を感じます」

漫画原作のデビュー当時からお世話になっている女性編集者にそう言われて、私の方が嬉しくなりました。

もう原作の仕事は卒業しましたが、「漫画原作者」は今の私を形作る上で欠かすことのできない大切な経歴です。

一九九三年にデビューして十五年ほどを、漫画原作者として夢中で過ごしました。取材で出会った人々、漫画家の友人たち、先の女性編集者、いずれもかけがえのない存在です。そうした宝を与えてくれた漫画の世界に、深い感謝の念と愛情とを抱いています。

ただし、漫画が好きだから漫画原作者になったのか、と問われれば、小さな声で「違います」と答えるほかありません。

私が生まれ育ったのは、兵庫県宝塚市。巨匠・手塚治虫《てづかおさむ》さんを育《はぐく》んだのと同じ町で、幼い頃《ころ》から漫画と小説に親しんで過ごしました。

とにかく本が大好きでしたので、子どもの頃に描いた「将来の夢」の中には、天文学者の他に本屋さんというのもありました。ただ、不思議なことに、漫画家や小説家になりたい、と思ったことはなかったのです。当時は物語を享受するだけで充分に満足でしたから。

思春期にさしかかると、法曹界で生きることを志すようになります。この齢《とし》になれば何とも気恥ずかしい理由なのですが、当時は、社会正義の実現に尽力することで世の中の役に立ちたい、と考えていました。

法律を学ぶために、郷里を出て東京の大学へ進学しました。在学中に司法試験に合格することができず、卒業後も夢を諦《あきら》めきれません。父が病に倒れたのをきっかけに郷里に戻って、働きながら司法試験の受験を続けていました。

一九九三年、四月一日のエイプリル・フールに勤め先の学習塾が倒産。その二週間後、冒頭の女性編集者から電話をもらいました。漫画雑誌に応募した原作原稿が特別賞を受賞した、という知らせでした。

半年ほど前、ＩＣＵに入院中の父の言葉を何かの形に残しておきたくて、生まれて初めて書いた短編小説を投稿していたのです。父が快復したこともあり、知らせを受けるまで、その事実をすっかり失念していました。

自分なりに努力を重ね、挑戦を続けても法曹界への扉は開くことはないのに、予期せぬ道への扉が開いてしまいました。開いた扉の前で怯《ひる》む私に、先の女性編集者は、

「何やってるの、書かなきゃダメじゃないの」

と、背中を押してくれました。

そうされて初めて、自身の中の「物を書きたい」という思いに気付くことができたのです。こうして漫画の世界へ、おずおずと足を踏み入れることになりました。

いざ漫画原作者としてデビューしてみると、同業者の大半が専門学校でシナリオの基礎をしっかりと学んでいました。原作の形式に決まりはないけれど、シナリオの方が圧倒的に漫画にし易《やす》い、と聞いて呆然《ぼうぜん》とします。私にはシナリオを書いた経験がな

かったのです。

以後、全くの独学でシナリオを学び、漫画原作者としての仕事のやり方を自分なりに模索することとなりました。

漫画に原作をつける意味は何か、といった根源的なことから、どうすれば漫画家さんが絵に起こし易いか、イメージを描き易いか、といった技術的なことまで、駆け出し原作者として懸命に考えました。そしてわりに早い時点で、取材をメインにして社会的なものを書きたい、と願うようになりました。

僻地《へきち》医療、震災と救急活動、震災と報道、夜間中学、等々。そうした骨太の題材を選ぶことが許されたのは、雑誌が大人の女性を購買層としていたことと、出版業界に「書き手を育てよう」という気概があったからだと思います。

時に壁にぶつかりながらも、ペアを組む漫画家さんたちに支えられて、原作者として幸せな仕事を重ねさせてもらえました。

そんな、ある日のこと。

「あなたは自己完結できる媒体に移った方が良いと思う」

私のことをよく知る親しい友人から、唐突に言われました。

「漫画家さんの絵を介さずに、あなたの書いた文章がそのままストレートに読者に届く方が良い。小説を書くことを考えたらどう?」

心の池に、ぽんと小石を投げ入れられたように感じました。

漫画原作者の書いた原稿を読むのは、漫画家さんと担当編集者のみ。そのことに疑問を抱いたことはなく、むしろ黒子に徹することに喜びを感じていました。

けれども、もし仮に、自分の書いたものがそのまま読み手に届くとしたら、どうだろう……。

すぐには返答できませんでしたが、彼女の先の台詞《せりふ》は、ずっと胸の片隅に居座り続けました。友の名は、水野《みずの》晶子《あきこ》さん。毎日放送のアナウンサーだった当時の彼女の声音や表情、その時の空の色まで、今なお鮮やかに思い出します。

亡父は大変な読書家でした。そのため、私は物心ついた時から、周囲に本が溢《あふ》れる環境で育ちました。亡父が特に好んだのが、山本周五郎さんでした。おかげで周五郎さんは、私にも馴染《なじ》みの作家になりました。

本編でも触れた通り、四十代で読み返した周五郎さんの作品に衝撃を受け、「この世界へ行きたい、ここまで表現できるようになりたい」と切望するようになります。

そのくせ、まだ漫画原作の仕事にしがみ付いて、離れようとはしませんでした。

漫画の世界が好きだから、というのは姑息《こそく》な建前です。食べていくため、というのが端的な理由でした。筆一本で生計を立てられること自体、奇跡的なのです。自身の年齢を考えて、今さら冒険もないだろう、と。これまで原作者として直向《ひたむ》きに仕事に接してきたつもりでした。だから、何も迷わずこのまま、と。

そんな矢先、両眼《りょうめ》の網膜に立て続けに孔《あな》が開いたのです。生まれつき網膜の薄いのが災いして、目の状態は決して良好ではない、と医師から指摘されました。

検査を待つ間、病院の待合室の長椅子《ながいす》に腰かけて、私はひとり、考え続けました。もしも、筆を折るとして、一番の後悔は何だろう。

周五郎さんの短編が、脳裏に浮かびました。

友人の助言、特異な読書体験。二度もチャンスがあったはずが、勇気を持てませんでした。病を得て漸《ようや》く、心が定まりました。あの世界へ行くのだ、と病院の長椅子で私は自分に言い聞かせました。

さて、幾度も触れましたが、本編のエッセイは創美社（現・集英社クリエイティブ）の女性漫画誌「オフィスユー」に連載したものです。連載を始めた当時の編集長は、私にずっと「原作を書きなさい」と言い続けていました。君は原作者なのだから原作を書きなさい、と。

ところが、私の時代小説転身の意思を知るや否や、その台詞を封印してしまったのです。替わりに、折りに触れて、

「時代小説の方はどうですか？　捗《はかど》っていますか？」

と、問われるようになりました。また、エッセイの感想を綴《つづ》ったメールも、ぽつぽつと頂きました。

雑誌ではページ割りが非常に重要で、一ページを確保するのも至難の業です。原作を書かない原作者など、さっさと切ってしまえば良いのに、エッセイの連載はずっと続きました。

やがて、時代小説で小さな文学賞の奨励賞を受賞、これで何とか小説の世界に船を漕《こ》ぎ出せるのだ、と心弾む思いがしました。けれども、現実はそれほど甘くはありません。書いても書いても、次へとつながらない日々が続きます。

「髙田さん、『売れる時代小説』の条件をご存じですか？　江戸市中が舞台であること、捕物《とりもの》などミステリー要素があること、剣豪ものであること。この三つですが、あなたの書くものは全《すべ》て、ことごとく外しています」

時代小説の世界で初めて付いた担当編集者から、そう教わりました。

彼にしたら、売れる見込みのない作品を次々と送りつけられてさぞや困惑したことでしょう。けれども私自身は、その三つの条件、中でも刃物で命の遣《や》り取《と》りをする剣豪ものは、どうしても書きたくはありませんでした。

この頃のことを振り返ってみれば、一番しんどい時期であったと同時に、新人作家として最も大切な時期だった、と思うのです。自分に編集者を振り向かせるだけの才がないのだ、と早々に自覚することができたのは、やはり良かった。才のない分、精進で補うことを覚えました。また、たとえ「売れる条件」を外したとしても、私にしか描けない世界を書こう、と腹を据《す》えられたことも幸いでした。

思春期に抱いた「法曹界で生きる」という夢は手放しました。けれども、周五郎さんの短編に触れて抱いた「あの世界へ行きたい」という夢は、もう諦めたくはなかったのです。

同じ刃物を出すなら、ひとを斬《き》り殺す刀ではなく、食材を刻む包丁にしたらどうだろう。そうだ、料理でひとを幸せにする話が良い。たとえば大坂生まれの少女を主人公にすれば、大坂と江戸、両方が描ける——等々、発想は際限なく広がっていきます。

江戸時代に関しての正確な知識を身につけるため、連日、図書館にこもるようになりました。大阪には江戸時代の資料の残る素晴らしい図書館があります。電車で通って開館から閉館まで、まるで受験生のような暮らしぶりでした。

図書館で江戸時代の文献に触れている間は、知識が増える充足感で甘い時間を過ごすことができました。けれども、調べものを終えて一歩外へ出ると、底知れない不安が襲います。

メインの収入源となる漫画原作の仕事は断《た》ってしまいましたから、生活は逼迫《ひっぱく》する一方でした。自分で決めた道です、それも覚悟の上、と平気な振りを通しましたが、内心は闇《やみ》の中を手探りで歩いている心持ちでした。

落葉の季節、図書館を出ると枯葉の絨毯《じゅうたん》が足に心地よく、その踏む音に慰めを得ていました。「オフィスユー」の編集長とのメールの遣り取りの中で、「調べものを終えての帰り道、枯葉を踏むのが楽しいです」と記したところ、編集長からの返信に、こう綴られていました。

――あなたの努力が報われることを、心から祈っています――

その短い文を、幾度も幾度も読み返しました。手探りで歩いていた闇の中に、一条の光が射《さ》し込んだように感じました。

こんな風に私の精進を見守ってくれるひとが居るのだ、先の見えない不安に怯《おび》えるよりも、この光を大切に守って生きよう。そう思いました。

「オフィスユー」では、原作を書かない原作者のエッセイ連載がなおも続いていました。いい加減に打ち切って、その分を人気作品の漫画ページに充てた方がよほど雑誌のためになるでしょうに、当たり前のように毎月、エッセイ原稿を求められます。のちに編集長が替わっても、原稿依頼は変わることなく続きました。

もちろん、仕事は真剣勝負。担当編集者とは原稿を間に毎回、熱心な遣り取りを重ねました。読者からの反響もあり、自分の書いたものがストレートに誰《だれ》かの心に届くのを知る喜びも大きかったです。

また、金額の多寡を問わず、月々決まった収入があることは、自由業者にとって、どれほど励みになるか知れません。創美社からの毎月の振り込みを確認する度に、「良い作家になりなさい」との声なき応援をひしひしと感じました。

どこの世界でもそうですが、ひとを育てることが大切とわかっていても、容易《たやす》く実践できるものではありません。その稀《まれ》な例を、私は我が身をもって体験させて頂きました。

交通事故に遭ったのは、二〇〇八年三月のこと。その時の様子や以後の経緯などは本編に書いた通りです。

自らを鼓舞して精進を重ねていたはずが、いきなり谷底に突き落とされたように感じました。ただ、事故からひと月後に「出世花」の出版が決まり、同年六月に本が出てから、少しずつ作家としての人生が動き始めました。

同年七月、「『出世花』を読みました」と、角川春樹事務所の編集者ふたりが、わざわざ関西まで会いに来てくれました。

大阪駅前のホテルのラウンジ。初対面の挨拶《あいさつ》もそこそこに、

「うちでシリーズ書き下ろしを是非！」

と、若い方の編集者が緊張した面持ちで切り出しました。

そのひと言がどれほどありがたかったことでしょうか。浮き立つ心を抑えて、私からはこんなお願いをしました。

「捕物も斬り合いも書きたくないんです。できれば、料理でひとを幸せにする話を書かせてください」

「面白そうですね、是非やりましょう」

編集者は、しっかりと頷《うなず》いてくれました。

そんな経緯で誕生したのが、「みをつくし料理帖」シリーズです。

版元の角川春樹事務所は、こぢんまりとした出版社ですが、シリーズ第一作「八朔

の雪」の出版が決まってご挨拶に伺った時に、とても驚いたことがありました。営業、総務、人事等々、挨拶を交わす社員さん全て、拙作を読んでいて、それぞれの言葉で感想を聞かせてくれました。出版社内で、作家が編集部以外のひとと言葉を交わすことは稀です。会社をあげて、この作品を世の中へ送り出しますよ、と力強いエールを頂いた思いがしました。

発売日の前日、「あんなに尽力して頂いているのに、もしも一冊たりとも誰の手にも取ってもらえなかったらどうしよう」と、恐怖に近い感情に襲われる私に、担当編集者のTさんは落ち着き払った声で「大丈夫です」と、ひと言。

思えば、大阪のホテルのラウンジで「みをつくし料理帖」の構想を話しあって以来、彼は全くぶれることがありません。作家を信じ、作品の持つ力を信じ抜いていました。その事実が私にどれほどの勇気を与えたか、計り知れません。

本が書店に並んでからは、現場の書店員さんたちの応援を得ることができました。無名の駆け出しの作家の本は、彼ら彼女らの手で平台に並べられ、手描《てが》きのポップをつけて頂けました。その効果で、本は徐々にいろいろなひとの手に取ってもらえるようになりました。また、読まれたかたの口コミで、本はさらに新しい読者へと広がっていきました。

このことを誰よりも喜んでくれたのが、創美社の担当編集者のSさんです。本来は漫画編集者でありながら、エッセイ担当として、私の転身を陰で支えたひとでした。彼は、とても早い時期から、

「『オフィスユー』で漫画化しましょう」

と、提案してくれていました。

シリーズ漫画化の話は、ほかに何社からも持ち込まれましたが、やはり一番初めに認めてくれた「オフィスユー」で、との私の強い希望を角川春樹事務所も快諾してくれました。

漫画化が決まると、両社の担当編集者、創美社のSさんと角川春樹事務所のTさんとが会社の枠を越えて、売り出す計画を立てるようになります。

「オフィスユー」が誌面で小説の新刊の告知をすれば、角川春樹事務所は新刊の帯で漫画化の宣伝をする、というように互いに連動し合って読者の幅を広げる工夫をしました。岡田理知さんの作画でコミックスが刊行されると、角川春樹事務所の営業担当者たちがその販売促進に尽力してくれました。さりげなく文庫本とコミックスとを並べて置く書店さんも増え、サイン会でも分け隔てなくサインをさせて頂けました。

　こうして、小説も漫画も、巻を重ねるにつれて、沢山の読者の支持を得るようになっていました。

　多くの力添えで「みをつくし料理帖」シリーズが軌道に乗ると、私のもとに連日、多数の出版社から原稿依頼が舞い込むようになりました。本当にありがたいこと、と感謝しながらも、すでにお付き合いのある版元を除き、現段階では面談を含め全てお断りさせて頂いています。

　長く漫画原作者として仕事をしていた経験から、自身の容量を知っていました。多作でも筆の乱れない作家さんは数多く居《お》られますが、私はそうではありません。容量を超えて仕事を引き受けたなら、筆は荒れ、結果として読み手を裏切ることになってしまいます。一作、一作、丁寧に紡いで、作家として成長していきたいのです。こうした気持ちを伝えて、申し出のあった出版社には了承して頂いていたはずでした。

　ある日、全く不意打ちに、「時代小説で話題の髙田郁の書き下ろし絵本」と銘打った本の告知と、予約受付とがインターネット上で展開されているのを目にし、愕然《がくぜん》とします。私には、絵本を書き下ろした覚えもなければ、契約書を交わした覚えもありません。お付き合いのない出版社の編集者の暴走でした。

謝罪は受けましたが、その出版社のホームページに顚末《てんまつ》を詫《わ》びる一文が載ることもなく、事情も知らずに予約をしただろう人々への手当てはなされないままでした。

あの時、どうすべきだったのか。どうすれば、防ぎ得たのか。私の本を楽しみにしてくださる読者のことを、ああいう形で裏切ったことは、今も重い課題として残ります。当時、予約をされたかたに、この場を拝借してお詫び申し上げます。


シリーズ第七作「夏天《かてん》の虹」の刊行に伴い、札幌でサイン会をさせて頂いた時のことです。

サイン会場となった書店の店長さんが、「八朔の雪」から欠かさず読んでますよ、と声をかけてくださいました。

「角川春樹さんが、ある日、ゲラ（※校正用に試し刷りされたもの）を抱えて現れて、『良い小説だから、読んでほしい』と仰《おつしや》ってね。それが『八朔の雪』でした。以来、ずっと応援させて頂いています」

初めて耳にする話でした。

版元の社長自らがゲラを抱えて、と思った途端、視界が潤んでなりませんでした。

種はそれのみでは発芽できません。土壌に蒔《ま》かれ、水を与えられ、陽《ひ》の恵みを受けて漸く芽を出すことができるのです。種も蒔かず、水も遣らず、実だけ取ろうとする出版社もあれば、社長以下一丸となって懸命に作家を育てる出版社もあります。後者のような版元に巡りあえたことは、作家として本当に幸いでした。漫画原作者から時代小説の世界への転身を志した時に創美社に支えられ、転身を果たしてからは角川春樹事務所に育ててもらい……出版不況と言われる時代ですが、こうした気質の出版社がある限り、今後も新しい作家が生まれ、順調に育ち得《う》ると信じます。

『あっ』

先日、電車の中でその光景に遭遇した時、小さく息を呑《の》みました。

朝の私鉄電車内、向かいの座席の三十代と思《おぼ》しき女性が、文庫本を手に泣いているのです。残り少ないページ数から、小説の終わり近くに悲しい場面があることが推察できました。

もしや、と思って文庫本の表紙を注視したら、転がる傘の絵が目に入りました。拙著「夏天の虹」だったのです。

次の駅で、女性は文庫本を胸に抱くようにして、電車を降りました。私はその後ろ姿に、そっと頭を下げました。

病院の待合室で「八朔の雪」を読むひとを見かけて以来、巻を重ねるにつれ、読者とのこうした邂逅《かいこう》を経験することも増えました。最初は動転するばかりでしたが、喜びから感謝へと、邂逅の度に想《おも》いは深まります。転身を決めて図書館に通っていたあの頃、自身の未来にそうした情景が広がっているとは思いもしませんでした。

たとえば、「物を書きたいひと」と「物書きになりたいひと」の二種があったとして、私は恐らく前者なのです。どこに身を置いてもどんな状況でも、自身の紡ぎたい物語をこつこつと書き続ける道を選ぶと思うのです。

ただ、そこに読者という存在が無ければ、書き手の自己満足だけで終わってしまいます。私の送り出す小説をがっちりと受け止める存在があればこそ、さらなる精進をして世界を広げることも出来るのです。

読者からのお手紙を読む度、サイン会で直接言葉を交わす度、そしてまた、様々な場所で拙著を読むひとと遭遇する度、深い感謝の気持ちが胸に溢れます。一作ごとに成長することで報いることが出来れば、と願います。

物心ついた時から今日まで、私は多くの本に出会い、生きにくさを軽減してもらいました。ちりちりと焼けるような焦燥感や、底知れぬ悲しみを覚えた時も、本の中の一文に救われたことがあります。ともすれば自己否定に走りがちな屈折した心に、しっとりと寄り添ってくれたのもまた、本だったのです。

だからこそ、私自身も、いつか、誰かの人生の伴走者になりうるような小説を書けたら、と心から祈っています。

あなたの明日に、優しい風が吹きますように。


（※創美社版　あとがき）

それからの日々

早いもので、「晴れときどき涙雨」を刊行させて頂いてから二年が過ぎました。その間に、発行元の創美社さんは集英社クリエイティブに社名変更され、お世話になったSさんは別の部署へ移られ、Tさんも角川春樹事務所を退社されて、それぞれ新しい場所で精進しておられます。

その日、その日を夢中で生きているうちに、取り巻く環境は少しずつ変わっていくのですね。二年という歳月が確実に流れたのだなあ、と実感します。

「髙田さんのエッセイは、文庫サイズにはならないのですか？」

読者のかたから、そんな問い合わせを受けることが重なり、この度、別の出版社から「晴れときどき涙雨」の文庫版を出させて頂く運びとなりました。

皆さまとの再びの御目文字《おめもじ》を、とても嬉《うれ》しく思っています。文庫化記念のあとがきとして、それからの日々を綴《つづ》らせて頂きたく存じます。

本編の「ふるさと銀河線」のコラムで触れましたが、私には長年、「書きたい」と願う物語がありました。徳冨蘆花氏や司馬遼太郎氏、城山三郎氏等々、名だたる文豪が愛してやまなかった幕末の偉人、関寛斎《せきかんさい》。関寛斎は北海道の陸別町を開拓した人物ですが、私が描きたかったのは、その妻、あいの物語でした。

寛斎が書き残した、あいの遺言の内容に心惹《ひ》かれ、陸別町在住の郷土史研究家の斎藤省三氏にその思いを打ち明けたところ、段ボール箱一杯の貴重な資料が届けられました。以後、資料の中にあった関寛斎・あい夫妻の写真一葉をシステム手帳に挟んで、時をかけて取材を行うこととなります。

寛斎とあい、両方の生家の承継者に執筆のお許しを頂くことから始めて、千葉県、徳島県、北海道とふたりの足跡をたどります。

陸別町には、関寛斎の長崎留学時代の日誌が残されていました。その中に「昨夜アイヲ夢ム」という短い一文を見つけます。

筆まめな寛斎でしたが、医術に関する内容が多い日誌の中で、そのたった一行が私には光って見えました。妻への溢《あふ》れ出す慕情。古い資料が放つ独特の匂《にお》いの充満する空間で、互いを想《おも》い合う寛斎とあいの姿が長い時を経て、眼前に蘇《よみがえ》るようでした。過去に実在したひとびと、それも赤の他人をここまで身近に感じたのは、生まれて初めてのことでした。

こうした経緯で書き上げた「あい　永遠に在り」は、私にとって特別な作品になりました。

今も、手持ちのシステム手帳にはご夫妻の写真が収められていて、私の仕事を見守って頂いています。ふたりのような廉潔な生き方は到底真似《まね》できませんが、せめて、「人たる者の本分」について考え続けていたいのです。

二〇一三年の初夏に、拙著「銀二貫」が、OBOP（Osaka Book One Project）の第一回選定本（現・大阪ほんま本大賞）に決まった、との連絡を受けました。OBOPのキャッチコピーは、「大阪の本屋と問屋が選んだ、ほんまに読んでほしい本」。「本屋大賞の大阪版みたいなものかなあ」

版元の幻冬舎経由で連絡を受けた際は、そんな風に受け止めていたのですが、詳細を聞いて驚きます。

大阪ゆかりの作品を一冊選び、大阪府下の書店と取次店とが、店や会社の垣根を越えて協力し合い、その本をベストセラーへと育て上げ、収益の一部で社会福祉施設を通じて大阪の子どもたちへ本を贈る。ＯＢＯＰは、そうした取り組みでした。

「たとえば、児童養護施設で暮らす子どもたちに、心がぽかぽかする本を贈ろうとするひとは多くて、結果、同じような本ばかりが届くことになる。その一方で、受験期を迎えた子は、先輩から譲り受けたボロボロの参考書や問題集を使っているんです。必要な本を、必要としている子どもたちに届けたい」

実行委員の説明に、強く胸を打たれました。本で受けた恩を、本で返せる――そんな取り組みに加えてもらえたことが、本当に嬉しかった。それから半年をＯＢＯＰの皆さんと夢中で駆け抜けました。

「踏ん張って営業を続けておられる小さな書店さんのためにサイン会をしたい」

そんな私の願いを聞き、ＯＢＯＰは布施、高槻、枚方《ひらかた》、堺で会場を借りてくださり、周辺の書店さんで整理券を配ったことが功を奏して、大勢の地元のお客さまに足を運んで頂くことができたのです。

サイン会の設営も道案内も何もかも全《すべ》て、ＯＢＯＰメンバーの手弁当での働きによりました。また、ＯＢＯＰの活動の趣旨に賛同した版元の幻冬舎さんからも、帯やポスターの制作、新聞広告など多大な協力を頂きました。

取次も書店も、ともにハードワークです。それでも仕事帰りに一か所に集まり、何時間も話し合って知恵を絞り、「一冊でも多くの本を贈ろう」と、皆が心を一つにした半年間でした。

結果、沢山のひとに「銀二貫」をお手に取って頂けて、子どもたちの望む本を百四十八万円分、贈ることができました。リクエストされた本は、ソフトボールのルールブックや国語辞典、漫画やお菓子の作り方など多岐に亘《わた》り、本を手に取る子どもたちの嬉しそうな表情が思い浮かびました。

こうした素晴らしい取り組みが今後も長く続きますように、是非とも皆さまの心の片隅に、OBOPのことを留めておいてくださいませ。

OBOPの第一回選定本に選ばれたことが追い風となったのでしょう、「銀二貫」はNHKの木曜時代劇でドラマ化されることとなりました。「銀二貫」は江戸時代の大坂の寒天問屋が舞台で、店主の名は「和助《わすけ》」、番頭は「善次郎《ぜんじろう》」と言います。

実は、本編でも少し触れましたが、私の母方の高祖父《こうそふ》は「井川《いかわ》和助」、祖父は「井川善次郎」と言いました。「銀二貫」では、登場人物の名に、ご先祖さまの名前を借りているのです。高祖父も祖父も神仏への寄進を欠かさず、慎ましく商いを続けていた、と伝え聞いていました。

売れる時代小説の条件からは全て外れてしまうけれど、もしも大坂を舞台に小説を書くのならば、始末と才覚と神信心とを守り抜いた大坂商人を描きたい。少しでも先祖たちの心根に近づきたい、と強く願いました。

そんな思いから執筆した「銀二貫」は、最初、プロ・アマ不問の文学賞への投稿作でした。ことの経緯は本編の「落選ラプソディー」で触れた通りです。

落選後に長野の寒天製造業者さんを訪ねて取材をさせて頂き、全編手直ししたものを、幻冬舎さんで本にして頂きました。二〇〇九年の発売時はソフトカバーの少し大きめのサイズの書籍でしたが、翌年、文庫化されました。ＯＢＯＰに選んで頂いたのは、この文庫版の方です。

ＮＨＫでのドラマ化決定の連絡が入ったのは、二〇一三年の真夏のこと。のちに制作発表がなされて、多くの皆さまに祝福して頂きました。取り分け喜んでくれたのが、私の老母でした。

実在した井川和助や井川善次郎は寒天とは無関係ですし、物語のモデルでもありません。けれども、その名前を用いたことで、母にとって「銀二貫」は父親や曾祖父《そうそふ》の物語となり得たのでしょう。

二〇一四年の二月に、NHKのプロデューサーさんのご好意でロケ現場を見学させて頂くことになり、母と兄を伴って京都の松竹撮影所を訪ねました。丁度休憩時間で、和助役の津川雅彦さん、善次郎役の塩見三省《さんせい》さんが焚《た》き火《び》で暖を取っておられました。

プロデューサーさんから引き合わせて頂いた途端、母が塩見さんを見上げて、「お父さん」と呼びかけました。

母がまだ幼い頃《ころ》に善次郎は病没しています。年々薄れていく父親の記憶を、塩見さんで埋めようとしているのか、八十六歳の母は六十代の塩見さんに向かって、あたかも父親に接するように「お父さん」と繰り返しました。

「えっ、お父さんって?」

随分と面食らっておられる塩見さんに、プロデューサーさんがにこやかに事情を説明します。

「ああ、それで」

塩見さんは柔らかな笑顔になり、小柄な母の肩を大事そうに抱いて、写真に収まってくださいました。後日、現像して引き伸ばしたその写真を、母は部屋に飾り、朝な夕な、「お父さん」と呼びかけています。

プロ・アマ不問の文学賞に応募して、最終選考で落ちた時、母は暗いリビングで、ずっと鳴らない電話を待ち続けていました。その姿は、私の司法試験の合格発表を病室で待っていた父の姿に重なりました。期待をさせるだけさせて駄目だった時の辛《つら》さには、決して慣れることが出来ません。

けれど今、母が写真に呼びかける姿を目にして、紆余曲折《うよきょくせつ》があったけれども、「銀二貫」という作品によって沢山の幸せを与えてもらえたことを、しみじみとありがたく思います。

さて、角川春樹事務所さんで書かせて頂いている「みをつくし料理帖」シリーズですが、第一巻の「八朔の雪」から五年が経《た》ち、二〇一四年の今夏、十巻目となる「天《そら》の梯《かけはし》」で無事に完結いたしました。その記念として、サイン会を五か所で開催させて頂きました。

私は顔出しを一切しておりません。また、ブログやツイッターなども行いません。その代わりにサイン会や講演会で読者のかたと直接お目にかかる機会をとても大事に思っています。顔と顔を見合わせて、言葉を交わせることが無上の喜びなのです。

そのサイン会で、おひとかたずつ、

「この五年はあなたにとってどんな歳月でしたか?」

と、尋ねてみました。

転職、退職、結婚等々と人生の転機を迎えられたひとあり、あるいは無難に過ごされたひとあり。その一方で「山あり谷ありでした」と答えられたかたも少なくはなく、また、質問をした途端に、泣きだすひとも幾人か。

五年という歳月は、やはりとても重く、なかなかひと言でまとめられるものではない、と思い至りました。また、こちらにその苦悩を和らげる力があるはずもなく、涙を流す相手には、ただ幸せを祈って、その背中を撫《な》でるほかありませんでした。

「自分なりに頑張ったけれど夢を叶《かな》えられずに、結局、挫折《ざせつ》しました。心星《しんぼし》と思って頑張ってきたんですが、駄目でした」

暗い目を伏せて、呟《つぶや》いた女性が居ました。

彼女の姿に、かつての自分自身を見た思いがしました。これまで綴らせて頂いた通り、「法曹界で生きる」という思春期に抱いた夢にすがり、十年ほど悶《もだ》え続けた末に挫折した経験が私にはありました。

もう諦《あきら》めよう、と決めた時の身を斬《き》られるような痛みは、今も胸を去りません。

心星を喪《うしな》ったあとの闇《やみ》の暗さ、その中を手探りで歩く心もとなさを、忘れたことはありません。それでも、人生は続きます。挫折の先にどんな人生が広がっているのか、本人にはわかりませんが、挫折したからこそ拓《ひら》ける道も必ずあります。明けない夜がないように、懸命に道を求めるひとはきっと光に出会うことでしょう。

　青春の日に想い描いていたものとは違っていても、それを受け容れて生きることで、人生の味は増すように思えてなりません。


　漫画原作者から時代小説の世界に転身した当初、「作家」と名乗ることが気恥ずかしくて、「物書き」という表現を用いていました。けれど、「みをつくし料理帖」シリーズを書いている時に、あっ、と気付いたことがあります。

　小説の書き方は十人十色。書きながら話を転がすタイプのひとも居れば、あらかじめ展開を作り込んで書くひとも居ます。私は後者で、最初に設計図を作るタイプです。「みをつくし料理帖」に関して言えば、第一巻の「八朔の雪」が刊行された時点で、第十巻のタイトルを「天の梯」と決めていました。

　小説の手法を聞かれる度に、私は、

「最初に設計図を作っています。あたかも家を建てるように、図面を引いてから小説を書いています」

と、答えていました。

どんな家に住みたいか、から始まって、設計図を描き、材料を揃《そろ》えて骨格を組み上げる。作業が進む工程で「こうした方が良い」といろいろなアイディアも出て、家の完成へと向かう。家を作る作業と、私の小説の書き方はとても似ていました。「作家」の語源が何かは今ひとつわからないのですが、もしかすると、そういうことなのかも知れません。そう気付いた時から、「作家」と名乗ることに躊躇《ためら》いがなくなりました。

ただし、作家になることは存外容易《たやす》くとも、作家であり続けることはとても難しいのです。より良質の作品をお届けできますよう、地道に骨惜しみせず、これからも精進を重ねてまいります。

「スランプに陥った時はどうしますか?」

サイン会や講演会で、そう聞かれることが度々あります。そんな時は、

「本屋さんへ行きます」

と答えます。

書店へ行って、書店員さんが働いておられる様子を眺め、書棚を眺め、本を手に取

り、紙の手触りを楽しみながらあれこれと選ぶうちに、萎《しお》れていた心が膨らんでいくのがわかります。購入した本を手に、店を出る時にもう一度、振り返ります。

この書棚に並べてもらうのだ——そう思うと力が湧《わ》いてきます。

角川春樹さんが「八朔の雪」のゲラを抱えて、書店回りをしてくださったこと。駆け出しの無名の私の本を、書店員さんたちが手描《てが》きのポップを添えてお客様に薦めてくださったこと。そして、ＯＢＯＰの思い出。書店には私を奮い立たせてくれるものがぎっしりと詰まっているのです。

私が子どもの頃には、町には書店が沢山ありました。ランドセルを置いたら、まず、書店へ走りました。店によって棚の顔が違うことも、この頃から知っていました。けれども、バブル期の地上げ、震災、と時の経過とともに馴染《なじ》みの書店は次々に姿を消しました。しかし、これは私の暮らす町に限ったことではなく、日本中の書店さんが苦境に立たされているのが現状です。

神戸元町に、とても大事に思っていた書店がありました。

その書店のすぐ裏手にあった銀行に両親が勤めていたこともあり、子どもの頃から親しんだ店でした。中年を迎えて時代小説に転身した際に、絶大なエールをおくってくれた店でもありました。レジ横のワゴンに私の作品を積み上げて、懸命にお客さまに薦めてくれていました。

「店長、めっちゃエコヒイキやん」

「当然ですやん」

私と店長との間で、そんな会話が交わされました。新刊が出る度に大量のサイン本を作らせてもらえば、それを全て売り切ってしまう、という離れ業を見せられもしました。生まれて初めて棚卸のアルバイトをさせてもらったのも、ここです。

その店が、創業百年を目前に、昨秋、本屋の灯を消すことになりました。

インターネットや電子書籍に押されて売り上げが落ちている、と聞いてはいても、密《ひそ》かに、「ここは大丈夫」といった妙な思い込みがありました。あれほど地元のひとびとに愛されていた店が何故《なぜ》、という思いは今も消えません。

確かにインターネットは便利です。また、電子書籍には大きなデータをコンパクトにまとめて持ち運べる、文字の大きさを自在に変えられる、という特筆すべき利点があります。

けれども、町の書店に立ち寄った時の、書棚から本が手招きしてくれるような感覚や、思いがけない本との出会いは、リアルの書店でしか体験できないものです。また、作家にとっても、サイン会が行えるのはリアルの本屋さんだからこそなのです。

ネットや電子書籍に加えて、万引きもまた、町の書店を窮地に追い込みます。小中学生による万引きはもとより、転売目的で大量に本を盗む輩《やから》まで居る、と聞いては暗澹《あんたん》たる気持ちになります。

それでも書店は書店として生き残るために、ありとあらゆる知恵を絞っているのです。町から書店がなくなることは、その町を形成する文化がひとつ消えることでもあります。どうか、皆さまの地元の本屋さんを大切になさってくださいませ。

神戸元町に足を運ぶ度に、当時その書店のあった通りを歩く度に、自分にも何かできることがあったのではないか、との苦い思いが込み上げてきます。その悔いを忘れないようにしよう、と思っています。

私にとってかけがえのないその書店の名は、海文堂と言いました。

先日、インタビューを受けた際に、こんな質問を受けました。

「髙田さん、『みをつくし料理帖』シリーズを手がける前と後とで、ご自身では何が一番、変わりましたか？」

あまり成長がないせいか、自分自身に変化があったとは思えません。暫《しば》くじっと考え込んで、ふと、ああ、そうだ、と気付きます。

「お手紙を沢山、頂戴《ちょうだい》するようになりました」

仕事場に大切にしまわれた手紙の束を思い返して、感慨深く答えました。

漫画原作者の頃から、読者のかたよりお手紙を頂くことは多かったのですが、「みをつくし料理帖」を手がけ始めて以降は、巻を重ねるにつれて、相当な量のお便りを頂戴するようになりました。

差し出し人は、小学校低学年のお子さんから九十の坂を越えた人生の大先輩まで、年齢も性別もばらばらです。

丁寧に綴られた感想に目を通し、物語に重ねられたそのひとの人生に胸をつかれ、誤植の指摘に赤面し……一通、一通、大切に読ませて頂いています。いつぞや、

「りうさんに入歯を作ってあげたい」

という一文に出会い、真夜中なのにひっくり返って笑ってしまいました。

登場人物のひとり、りうさんは歯が無いけれど、とてもチャーミングな看板娘です。こんな素敵なリクエストにはお応《こた》えしないと、と作中でりうさんに入歯をプレゼントさせてもらいました。

今はメールも携帯電話もある時代ですが、便箋《びんせん》や葉書に肉筆で書かれたものを見ると、ホッとします。切手を貼《は》って、ポストに投函《とうかん》して、という手間をかけても私に届

けたい、と思われる気持ちもまた、とてもありがたいのです。心を込めて書かれたお便りほど、作家を勇気づけ、励ますものはないでしょう。右手の不調もあり、お返事を書くことがなかなか叶わなくとも、いつも心から感謝しています。

その知らせが飛び込んで来たのは、今年の五月二十六日の朝でした。

「川富士さんもラジオドラマで懇意にされていたUさんが亡くなられて、今日の午後一時から本葬とのことです」

本編「ラジオの神さま」で書かせて頂いたU氏の訃報《ふほう》でした。

ご葬儀に参列させて頂こう、と関係者に連絡をしかけていた手が、ふと止まりました。開いたままのパソコンに目が行ったのです。丁度「天の梯」の最終話、あさひ太《た》夫《ゆう》の身請け銭の算段で澪《みお》が苦悩する場面を書いているところでした。

──そんなに長くは待たないよ

U氏の笑い声が聞こえたように思いました。

いつぞやU氏に打ち明けた通り、私は時代小説を書くようになりました。しかし、多忙を言い訳に、U氏の体調をお伺いしないままでした。二年前に創美社から「晴れときどき涙雨」が刊行された時に献本をし、お礼のお電話を頂いたきりです。申し訳なさと悔いとが一気に押し寄せました。

本来ならば何が何でもお別れに、と思うところが、そうはしませんでした。

私は携帯電話を握り締め、京都の方角に向かって、

「Uさん、ゴメンなさい。お別れに伺いません」

と、深く頭を下げました。「伺えません」ではなく、「伺いません」です。

執筆を中断すれば参列は可能なのに、行かない方を選びました。我ながら何と身勝手なことだろう、と。ただ、心の何処《どこ》かで、U氏ならば、私のこの選択をきっと赦《ゆる》してくださる、との思いもありました。

その昔、放送局近くの安酒場で幾度も盃《さかずき》を重ね、U氏の効果音にかける情熱や苦労話に耳を傾けたものです。U氏の仕事に対する姿勢は、私の手本でした。

最後にお電話を頂いた時に「『銀二貫』も『みをつくし料理帖』シリーズも楽しく読ませてもらってるよ」と大らかに仰《おつしや》っていました。お別れに伺う代わりに、最終話をより良いものに仕上げることでお赦し頂こう、と腹を決めてパソコンの前に座りました。そして、最後の「了」の文字を打ち込むまで、無我夢中で過ごしました。

ゲラに何度も目を通すため、普段は自著を読み返すことはあまりないのですが、

「天の梯」だけは、刊行されてから何度か手に取りました。訃報を受けたあたりに差しかかると、U氏の声が蘇って、そっと頭《こうべ》を垂れます。

U氏こと宇崎宏《うざきひろし》さんと交わしたラジオドラマの約束は、果たせませんでした。ひとの一生に悔いはつきものですが、せめて、あちらの世で宇崎さんと再会した時に、「良い仕事をしたなあ」と言って頂けるように、これからも真摯《しんし》に物語を紡いでまいります。

漫画原作から時代小説の世界へ転身を決めたばかりの頃のことです。デビュー当初より長くお世話になっている女性編集者から、こんな言葉を贈られました。

「ある漫画家さんから、『自分のための祈りよりも、誰《だれ》かのための祈りの方が、神さまに聞き届けて頂ける』と教わりました。だから、川富士さんが小説の道で幸せになれるように、私、懸命に祈ります」

また、「オフィスユー」の当時の編集長から、「あなたの努力が報われることを、心から祈っています」というメールを頂戴したのは前述した通りです。

書店の書棚に拙著が並ぶのを見る時、サイン会で読者のかたと出会う時、等々。作家として幸せな場面に遭遇する度に、私は、恩人たちから祈られたことを思い返します。さまざまな廻《めぐ》り合わせは、心からの祈りに導かれたように思われてなりません。

私の祈りに果たしてどれほどの力があるかはわかりませんが、もう一度、繰り返させてくださいね。

あなたの明日に、優しい風が吹きますように。

（※幻冬舎文庫版　あとがき）

第三章

明日に繋ぐ想い【〜2023】

古き街、新しき街

神戸は、懐かしく、切なく、愛《いと》おしい特別な街です。

元町に在った海文堂書店が、創業百年を目前に灯《あか》りを消して以降、足を運ぶ回数がめっきり減っていました。先日、久々に時間が取れたので、三宮《さんのみや》から元町までをひとり、ゆっくり歩いてみました。

震災のあと様変わりした街並みが、またさらに変貌《へんぼう》し、見知らぬ場所のように思われます。怯《ひる》む気持ちを封じ、黙々と歩いていると、脳裡《のうり》にかつての街の姿が蘇《よみがえ》ります。そこは、よく両親に連れられて訪れた街でした。

阪急三宮駅を下りて、さんちか（三宮地下センター）からそごう百貨店、地上に出て横断歩道を渡り、三宮センター街へ。元町方面に向かって歩いていると、花屋のフタバ園で、花好きの母は必ず足を止めました。ワシントン靴店で靴を、星電社で最新式の家電を眺め、とんかつの武蔵か、あるいは少し足を延ばして、穴子寿司《ずし》の青辰でお昼ご飯。珈琲《コーヒー》は父の大好きなにしむら珈琲で、というのが髙田家の当時の定番のコースでした。

センター街のミッチャンという輸入雑貨の店が、私の大のお気に入りでした。珍しい輸入菓子の並んだ商品棚は、少し高い位置にあり、いつも背伸びをして覗《のぞ》いていました。チャームスのサワーボールというキャンディや、キャラミントというお洒落《しゃれ》な味の飴玉《あめだま》を知ったのも、この店でした。邦画「男はつらいよ」シリーズがスタートしてからは、お盆とお正月、必ず神戸の映画館へ寅《とら》さんに会いに出かけました。そごう百貨店で甘栗《あまぐり》を買い、小さい私のために前の方の席を陣取るのも「お約束」でした。子どもも時代のきらきらと輝くような幸せが、神戸には詰まっていました。

思春期を迎えると、家族そろっての外出の機会は減りましたが、それでも、時折りは連れだって神戸を訪れました。いつしか両親は老い、父は長い闘病生活に入るようになっていました。

ある年、開頭手術を受けるための入院を控えた父と、母と私とで神戸に出かけました。リスクの高い手術であったため、本人も家族も重苦しい気持ちを抱えての外出でした。ふと、ワシントン靴店のウィンドウに、父に似合いそうな靴を見つけます。

「必要ない」

言葉少なに拒む父の手を、母と私とで左右から引っ張って、店内へ。初老の店員さんに靴を出してもらい、父に試すよう薦めました。履き易《やす》そうで、思った通り、とても似合っていました。「必要ない」を繰り返す父には構わず、母が先の店員さんを呼びました。少し離れて控えていた彼は、大股《おおまた》で歩み寄って母から靴を受け取ると、一旦《いったん》バックヤードへ行ってから、紙袋を手に戻りました。

「きっと、お元気でお戻りですよ」

私たちの会話から粗方の事情を察したのでしょう、彼は声を落として「靴に魔法をかけておきました」と、控えめに言い添えて紙袋を差し出しました。

魔法、と首を傾《かし》げつつ、私たちは店を後にしました。気になって、帰宅後、箱を取り出して中を検《あらた》めると、左右の靴底に、赤いマジックインキで「寿」の一字が書き込まれていました。丁寧な筆跡から、書き手の真摯《しんし》な思いが伝わるようでした。

手術のあと、父は危篤状態に陥り、長くＩＣＵ（集中治療室）に入りましたが、魔法のお陰か、無事に私たちのもとへ戻ってくれました。退院の日に履いていたのは、件《くだん》の靴です。お礼を伝えたかったのですが、魔法使いとの再会叶《かな》わぬまま、時が経過してしまいました。

一九九五年一月十七日、阪神淡路大震災により、神戸の街が大きく損なわれたのは、ご承知の通りです。

家族で「男はつらいよ」を観《み》るために通っていた神戸国際会館は全壊しました。渥《あつ》美清《みきよし》さん最期の出演作となったシリーズ第四十八作「寅次郎　紅の花」を観たのは、翌年一月。三宮駅傍《そば》の、まだペンキの匂《にお》いの残るシネマコンプレックス形式の映画館でした。館内は、地元の被災者と思《おぼ》しきひとびとで、ほぼ満席でした。

物語には震災のエピソードが登場し、大きく傷ついた神戸の街が大写しになる場面がありました。ラスト近く、渥美清さん扮《ふん》する寅さんが、神戸を再訪して被災者にこんな風に声を掛けます。

「苦労したんだなぁ。本当に皆さん、ご苦労さまでした」

刹那《せつな》、場内のあちこちからすすり泣く声が洩《も》れました。

互いに「頑張ろう」「頑張りましょう」と励まし合った一年でした。これ以上、頑張りようもないほどに頑張るしかなかった一年に、皆、疲れ果てていたのです。寅さんの心からの労《ねぎら》いの言葉は、胸に沁み入りました。上映が終わって場内が明るくなっても、すぐに席を立とうとするひとは、周囲には見当たりません。暫《しばら》くの間、皆、根が生えたように動けなくなっていたのです。

常ならば映画の感想を話しながら帰路に就くはずが、両親も私も口を固く閉ざしたままでした。街は大きく傷つき、復興は遥《はる》か彼方《かなた》でした。同年、父が肝臓がんを発症、三年ほどであちらの世界へと旅立ったため、髙田家恒例の「男はつらいよ」観劇も、これが最後になりました。

やがて私は漫画原作者から、時代小説の世界へと転身を果たしました。駆け出しの私を「地元の作家」として、盛大に応援してくれたのが、神戸元町の海文堂書店です。海文堂書店にはお店に入ってすぐの階段脇《わき》に、震災棚と呼ばれる震災に関する出版物を集めた棚が常設されていました。阪神淡路大震災で被災した書店として、災害の記録と記憶を承継するためのものでした。

二〇一一年三月十一日。その日、私は「みをつくし料理帖」シリーズの「小夜しぐれ」という作品のサイン本を作成するため、海文堂の二階に居ました。微《かす》かな揺れを感じた、と思ったら、防災ネットからの携帯メールで「淡路島」「津波」の文字が目に飛び込んで来ました。その場に居合わせた誰《だれ》もが、十六年前の大地震を経験していました。続報は何も入らず、妙な胸騒ぎを覚えながらもサイン本を作り終えて、私は店を後にしました。実は、これが三陸《さんりく》沖を震源とする東日本大震災だったのです。徐々に露《あら》わになる被災状況に、声を失うしかありません。被災地のために何をすべきか、何ができるか、それぞれに自問を重ねる日々だったのではないでしょうか。

「激励の言葉より本を売る！」

海文堂書店ではそれを合言葉に、全壊した仙台の出版社荒蝦夷《あらえみし》の本全点を先の常設棚に並べ、文字通り、店を挙げて売り続けたのです。

こうした姿勢を貫く書店が、顧客に愛されないはずはありません。しかし、二〇一三年八月に突然、閉店が決まり、翌月末、海文堂書店は創業九十九年の歴史に幕を下ろしました。

翌春に刊行した同シリーズ「美雪晴れ」の中の一節に、版元である坂村堂《さかむらどう》の、

「海文堂は実に良い店だったのですよ。清右衛門《せいえもん》先生の本も、随分と沢山商ってくれていましたのに、あんなことになって。私はもう、無念で無念で……」

という台詞《せりふ》があります。私の偽らざる気持ちの吐露でした。

阪神淡路大震災を乗り越えたあとも、神戸の街は刻々と変化を続けています。街歩きをすれば、新しい店、お洒落な店が目立ちます。服に雑貨、時計、眼鏡、生

花、洋菓子、携帯ショップ、カフェにレストラン等々、休日のせいか、買い物を楽しむ家族連れや、旅行者、デート中の男女で街中が華やいで見えます。

元町の海文堂書店に続いて、魔法使いの居たワシントン靴店もセンター街を去りました。かつての神戸への思慕の念は消えることはありません。けれど、センター街から元町へと歩き進める時、新しい街並みに、ひとびとの祈りを感じます。地元に住まうひとたちの「末永くひとの集う街でありますように」との祈り、訪れるひとたちの「美しい街、心弾む街でいてほしい」との祈りを。

今日の神戸に、そして明日の神戸に、沢山の幸せな記憶が刻まれていきますように。

ラジオ・デイズ

小学校四年生のクリスマスに、両親からプレゼントされたのは、小さくて真っ赤なトランジスタラジオでした。

夜、布団に深く潜り込み、ラジオを耳に押し当てます。四角い箱から音楽やひとの声が流れて来る不思議。世界を掌《てのひら》に入れているような気持ちになりました。雑音に負けずに聞いていたのは「ザ・パンチ・パンチ・パンチ」。デビューして間もないピーター（のちの池畑慎之介）さんがゲストで出演される回を、リアルタイムで聞いていました。今にして思えば、随分とませた子どもでした。

高校生になったある日、普段は受信できない九州の放送局の電波をキャッチ。その時の番組が「パックインミュージック」で、野沢那智さんと白石冬美さんが担当しておられました。「こんなに面白い放送があるのか」と虜《とりこ》になり、木曜日の深夜になると、綺麗《きれい》に電波の入る場所を求めて、ラジオを手に家中をうろうろしました。大学進学のために東京に移り住んだ時もテレビは持って行かず、ずっとラジオばかり。関西に戻った時も、傍《かたわ》らにはいつもラジオがありました。

阪神淡路大震災発生の当日に聞いていたのは、ＭＢＳ（毎日放送）ラジオです。「おはよう川村龍一です」で、パーソナリティの川村さんが車中から「阪神高速は落ちました」と緊迫した声で告げた時、「これは大変なことになる」と血の気が引く思いがしました。民放でありながらＣＭを外し、被災状況の発信に徹したのも、同番組が最初だったと記憶しています。

初めてラジオにゲストとして出演させて頂いたのは、同じくＭＢＳラジオの「ネットワーク１・１７」という番組でした。当時、漫画原作者として「震災と救急救命」をテーマにした作品を手がけていましたので、その話を、との依頼でした。

これをきっかけにラジオ報道部のかたたちとご縁が出来て、「震災と報道」をテーマに原作を書くため、ＭＢＳに取材に入らせて頂くことになります。リスナーとして親しんでいたラジオ局を、内側から見る機会を得たことがありがたく、定期券を購入し、始発で行って終電で帰る、という生活を二か月半ほど続けました。数珠繋《つな》ぎのように各部署のかたをご紹介頂き、色々なお話を伺えたことは、その後の私を形作る大きな財産になりました。こうした取材をお許しくださった毎日放送さんには、ただただ感謝するばかりです。

漫画原作から小説の世界へと転身を図るべく精進していた頃《ころ》、土曜日の朝に何気なくつけたのが、ＡＢＣ（朝日放送）ラジオでした。出演者は、局のアナウンサーと、九官鳥！　まさかの九官鳥だったのです。信じ難い、と思いつつ、耳を傾けて聞き入ったのですが、間違いなく九官鳥が相方を務めていました。この絶妙の取り合わせに心惹《ひ》かれて、以後、土曜日の朝になると、この「ドッキリ！　ハッキリ！　三代澤康司です」（通称・ドキハキ）を聞くようになりました。

そののち、九官鳥が逃げ出して居なくなる、というまさかの事態になり、急遽《きゅうきょ》、「リスナーがゲストとして番組に朝ご飯を持って行く」という、嘘《うそ》のようなコーナーが新設されました。そして実際に毎週、リスナーさんが色々な朝ご飯を持参して、番組出演を果たしておられました。「みをつくし料理帖」シリーズ第一作「八朔《はっさく》の雪」を刊行した際、「そうだ、あの番組で宣伝させて頂こう」と考えて、新刊に手紙を添えて応募してみたのです。すぐに「是非、いらしてください」とのご連絡を頂いて、作中に登場する「はてなの飯」と「酒粕汁《さけかすじる》」を鍋《なべ》ごと持って、番組にお邪魔しました。

これを機にドキハキとのご縁を得て、番組リスナーさんたちから盛大に支えて頂くようになりました。

土曜日だった番組が月曜日から金曜日までの帯に変わり、その後、木曜日までの週四日の放送になっても、新刊が出る度に番組にお邪魔させて頂いています。ゲストコーナーの出演を終えても、あつかましく最後まで居座って、制作秘話などをお喋《しゃべ》りする、というのが恒例となっています。

勿論《もちろん》、出演だけでなく、普段はリスナーとして番組を楽しませて頂き、メールを送ったり、プレゼントに応募したりしています。ドキハキは私にとって、日々の相方のような存在です。

昔、我が家には、ダイニングに大きなラジオが一台、あるだけでした。横長の据え置き型、スピーカー部分は布張りの、随分と風格のあるラジオでした。そのあと、台所に一台、やがて家族がそれぞれに自分のラジオを持つようになりました。

父が存命だった頃、深夜にはその部屋からＮＨＫの「ラジオ深夜便」が流れていました。父亡きあと、母の寝室から同じく「ラジオ深夜便」が聞こえるようになり、何《い》時《つ》しか、私も夜中、珈琲を飲みながら同番組を聞くようになっていました。特に、日本各地の日の出の時刻を読み上げるのが気に入っています。夜明けまでの長く孤独な時間も、深夜便のお陰で救われる――そう思っているひとが、どれほど沢山いることでしょうか。

「髙田さんの現代小説には、ラジオが度々、登場しますね」

読者のかたからそんな指摘を受けて、「確かに」と思います。

時代小説ではラジオは登場しません。しかし、現代を舞台にした短編には、そこかしこに登場人物たちがラジオに耳を傾ける場面があります。執筆中には意識したことがなかったのですが、「駅の名は夜明　軌道春秋Ⅱ」のゲラ（校正用に試し刷りされたもの）に手を入れている時に、漸《ようや》く、自分でもそのことに気づきました。

作中に登場するラジオの多くが、旧式の、アンテナを伸ばす小型タイプです。乾電池式のラジオは、停電を気にせずに済み、また何処《どこ》にでも持ちだせるので、災害時などに大きな力を発揮します。万が一の備えにもなる上に、扱いも容易《たやす》いので、登場人物たちに愛用してもらっています。

少し前までは、私もまた小型ラジオを枕《まくら》もとに置いて、聞きながら寝ていました。電波状態の良好な局は、私の住まいではそう多くなかったのですが、受信できる範囲で、放送中の番組を楽しむ、というのがラジオとの付き合い方でした。

それが一変する出来事がありました。「ラジコプレミアム」の存在を知ったのです。ラジコというのは、ラジオ放送をインターネットで聞ける配信サービスのことで、二〇一〇年から開始されました。電波状態を気にせずに、地上波ラジオと同じ内容のものをパソコンや携帯電話などで聞けて、エリア内なら無料です。月々の利用料金を支払って利用する「ラジコプレミアム」になると、日本中の地上波のラジオ番組を過去一週間に遡《さかのぼ》って、いつでも、好きな時に聞くことが出来ます。一度再生してしまうと、同じ番組が聞けるのは二十四時間以内、合計三時間に限る、という縛りはありますが、この上なく魅力的なものです。五年前の春、目の手術を受けるために入院した時、そういうサービスがあると知りました。

当時、私にはどうしても聞いてみたいラジオ番組があったのです。

博多でサイン会をさせて頂いた時のこと。読者のかたから、

「先生の本は、『PAO～N《パオーン》』というラジオ番組で知りました。おすぎさんが『あきない世傳《せいでん》　金と銀』シリーズを薦めておられたんですよ」

と、教えて頂きました。

おすぎさんは、私の著書を全《すべ》て読んでくださっている、と風の便りに聞いていましたので、ありがたくてなりません。調べてみると、「PAO～N」とは、KBC（九

州朝日放送）ラジオの番組で、エリア外ではなかなか聴取が難しいけれど、ラジコプレミアムならば聞くことができる、とわかりました。

早速に加入し、入院中の個室のベッドで番組を聞くようになりました。「ＰＡＯ〜Ｎ」はメインパーソナリティをアナウンサーの沢田幸二さんが務める平日午後の帯番組で、月曜日には「本と（ホント）な話」というコーナーが設けられています。九州の書店さん情報や、お薦めの本についての話などがとても面白く、わくわくと聞き入りました。

ほかにも、ベイＦＭの「カフェイン11」、ＩＢＣ（岩手放送）ラジオの「朝からラジオ」など、かつてゲスト出演させて頂いた番組との再会も叶いました。暗い病室に、地域ごとの風が吹き込んでくるような感動を覚えました。その年は二度、入院をしましたが、携帯電話から流れる各地の番組に、随分と慰められました。以後もずっと、ラジコを通じて、さまざまな番組を楽しませて頂いています。

ラジオと小説は、親和性がとても高い。たとえば、ラジオドラマで「一本の桜の木が立っていた」という台詞があったとして、どんな枝ぶりか、花つきはどうか、色は、咲き具合は等々、桜の木の姿はリスナーの想像力に託されます。小説もまた、同じではないか、と私は思っています。

ＲＡＢ（青森放送）ラジオの「ＧＯ！　ＧＯ！　らじ丸」という番組の月曜日、「ＧＯ！　ＧＯ！　ＢＯＯＫＳ」のコーナーは「ラジオは想像のメディア、想像力を高めることでもっと面白い生活ができるはず。ラジオと同じように、本も想像力を生かして自分の世界に入ることが出来ます」という素敵な台詞から始まります。ラジオと小説の共通点が多いからこそ、ラジオを通じて色々な作品がリスナーさんの間に広まっていく。そのことを、ひとりの書き手として、とてもありがたく思います。

日々の暮らしの傍らにラジオがあったから、私は多くの難儀を乗り越えることが出来ました。これからも、きっとそうでしょう。

全国のラジオ番組に携わる皆さまに、心からの感謝と敬意を表します。

いざ、社食へ

社員食堂のある環境で働いた経験がないため、出先に社員のための食堂があると、心が躍ります。

初めて、社員食堂のご飯をご馳走《ちそう》になった経験は、第一章の「ひとつ釜《かま》の飯」で書かせて頂いた通りです。あれを皮切りに、色々な会社の社食にお邪魔することになりました。

たとえば、取材を受ける時に、「インタビューの場所は何処にしましょうか」と尋ねられます。さり気なく、社食の有無を問うて、有りとの返答の場合は、

「では、御社に伺わせてくださいませ」

と、下心満々で提案します。

名刺交換が終わり、「お茶でも」や「お昼でも」などと誘い水を受けたなら、「社食に興味があります」と打ち明けます。きっと目はキラリンと輝いているかと思います。

とある新聞社の社食には、度々、伺いました。

窓から海を臨む、それはそれは綺麗でおしゃれな社員食堂でした。何と、夜になるとビールが飲めるのですよ。唐揚げは揚げたてジューシー、フライドポテトも熱々。「ここは極楽か」と思いつつ、杯を重ねます。新聞社の中には親しいひとも多く、「一杯だけ付き合いますよ」と、次々に顔を出して、きゅっと飲んで去っていきます。結果、ビールサーバーが空になりました。以後、その社食ではビールサーバーの数を増やしたとか、増やしてないとか……（どっちやねん）。

別の新聞社では、漫画原作者の頃、夕刊にエッセイを連載させて頂いていました。当時のデスクが私の社食好きを知り、

「ご馳走しよう」

と、誘ってくださいました。

古い社屋に相応《ふさわ》しく、何処となく昔の学生食堂を思わせる、味わいある佇《たたず》まいの食堂です。

「もしかして、ただのケチ？」

と揶揄《からか》いながらも、その社食で度々ご馳走になりました。フライ定食や焼き魚定食、冷奴《ひややっこ》まで付けてくれる太っ腹ぶり。デスクが異動になられたあとは、お邪魔する機会を失してしまいましたが、今も忘れ難い社員食堂です。

おっと、放送局の社食も忘れてはなりません。

渋谷のNHK放送センターには、入館者の利用できる食堂があります。所用でNHKを訪れた際に、

「あ、局員じゃなくても構わないんだ」

と知って、一階の食堂で浮き浮きと食券を買い求めました。ご飯にお味噌汁《みそしる》、主菜に小鉢の載ったお盆を手に、空いている席を探します。

ふと見れば、何と、甲冑《かっちゅう》を身につけた戦国武将が居ました。時代劇の撮影の合間のランチタイムなのでしょう。嬉しさを押し隠し、そっと隣りの席へ。武将が召し上がっているのも同じ定食と知り、にやにやが止まりません。よもや武将と並んでランチタイムを過ごす贅沢《ぜいたく》を味わえるとは思いもよりませんでした。

時が経《た》ち、「みをつくし料理帖」のドラマ化が決まった年の冬のこと。

プロデューサーさんや演出担当のかたたちと、同じく渋谷の、今度は五階の社員食

堂で賑《にぎ》やかに夕飯を取っていました。和気藹々《あいあい》、楽しいひとときです。

「『みをつくし料理帖』は私にとって娘のような存在なんです。そちらにお嫁に出すので、どうぞ末永く可愛《かわい》がってやってくださいね」

会話の切れ間に、私は朗らかに伝えました。

相手を信じて託す以上は、全てを委ねることに決めています。どうぞ存分に、と言いつつも、気持ちとしては「子の幸せを願う親」そのものでした。

プロデューサーさんは、テーブルに両の手を置いて、

「大事なお嬢さんを、大切に、大切に、預からせて頂きます」

と仰《おつしや》って、頭を下げられたのです。

嫁取りの儀式のようで、皆、わっと華やいだ歓声をあげました。私も笑いながら、どうにも胸が詰まってなりません。傍らの担当編集者を見れば、彼も目を潤ませていました。ご承知の通り、「みをつくし料理帖」は、そのひとたちの手で大切に、大切に、ドラマにして頂きました。そのスタートが社員食堂だったことは、内緒、内緒。

放送局の中には、社員向けにバーがあるところもありました。

仕事終わりに同じ社屋で一杯、と思う社員が果たしているのか——素朴な疑問を抱

きつつ、重厚な扉を押し開けます。おおっ、何と立派なバーでしょうか。グラス片手に寛《くつろ》いでいるのは、ＯＢのかたが殆《ほとん》どです。それはそうですよね、と思いつつ、ソファ席へ。洋酒の水割りが一杯百円ちょっとと知り、ほぅ、と感嘆の声を洩らします。

初手はハーパーの水割り、おつまみは餃子《ギョーザ》で攻めてみることにしました。バーに厨房《ちゅうぼう》はなく、奥のドアは社員食堂へと繋がっていて、餃子はそちらから運ばれてきました。なるほど、なるほど、と嬉しくなります。その日は結局、千五百円ほどで気持ちよく酔っ払うことと相成りました。

別の放送局では、ランチタイムにカツカレーを注文した際、カツを揚げる所から始まったことに驚きました。選べる小鉢の数も多くて、迷うばかり。昔は「社員食堂」といえば「質素」と同義語なイメージでしたが、時代とともにその在り方も変化していることを肌で感じます。

もちろん、昔ながらの社員食堂もしっかり残っていて、日替わり定食のみで選択肢のないところもあります。

「うちの社食は地味だし、面白みに欠けるから、外へ出ましょう」

真顔でそう言われることも少なくないのですが、でも、社内に食堂がある、って素晴らしいですよ。酷暑も極寒も雨も雪も関《かか》わりなく、また、超多忙の時にも建物から出ずに食事を済ませられるだなんて、夢のようです。

コロナ禍、そして経費削減のために、閉鎖の憂き目に遭う社員食堂が増えているそうな。端《はな》から社食を設けない、という会社もあると聞き及ぶと、深々と寂しさが募ります。あちこちの社員食堂を渡り歩いた経験から、「社食がしっかりしているところは、業績も伸びるのではないか」と、薄々思っていました。

ある食品メーカーの社員食堂は、建物の最上階にあり、三方に街並みを望みます。あまりの居心地の良さに、しばし放心。

「昔、うちの社員食堂は地下にあったんです。ラインで働く従業員は、下手をすると退社するまで太陽を見ないことになる。『明るい社食にして』との声を受けて、新棟を建築する際に、最上階を社食にあてました」

そんな説明を聞いて、ああ、やはり、と思った次第です。

さて、こんなに社員食堂を渡り歩いている私に、「全国社食巡り」の執筆依頼が来るのは何時の日でしょうか。

え？　「そんな暇があれば小説を書け」ですと？　おあとが宜《よろ》しいようで。

エンドロールに拍手を添えて

作家に転身して十年の節目に、大阪中之島《なかのしま》の中央公会堂で、ささやかに感謝の集いを開催させて頂きました。二〇一八年、九月のことです。

開宴前、主賓としてお迎えした角川春樹さんと控室でお話しさせて頂いた時に、

「髙田さん、『みをつくし料理帖』は、私の手で映画にするよ」

と、さらりと告げられました。

一瞬、頭が真っ白になりました。

実は、映画化の話は早い時点から幾度も持ち上がり、その度に潰《つい》えていました。おそらく映画になることはないだろう、と思い込んでいたのです。

「『みをつくし料理帖』を私が製作、そして最後の監督作品として、オリンピックの

年に公開することを決意しました。必ず実現させます」

壇上に立たれた角川さんは、マイクを手にはっきりと宣言されました。

会場は一瞬静まり、次いでどよめきが広がります。我が身に起きている出来事のはずが、それこそ映画のワンシーンのようで「こんなことが実際にあるのか」と夢現《ゆめうつつ》の状態でした。

角川さんはその言葉通り、映画化に向けて東奔西走されて、事態は急速に動き始めました。要望を問われて、綿密な時代考証をお願いしましたが、あとは角川さんに全面的にお任せしました。作品の一番の理解者として、角川さんに絶大な信を置いていたからです。

作家の仕事は書くことです。私は映画制作の現場とは距離を取り、「あきない世傳金と銀」シリーズの執筆に専念しました。ただし、一度だけ、角川さんのご好意で、書店員さんたちとロケ見学をさせて頂ける機会を頂戴しました。第七巻「碧流篇」を無事に刊行した翌月に上京し、書店員さん、取次店さんなど十名ほどで東宝スタジオを訪ねました。

どきどきしつつ、体育館のようなスタジオに足を踏み入れた途端、何とも良い匂いに包み込まれました。そこには広々とした調理場が設けられていて、料理人のかたたちが出汁《だし》を引き、鮎《あゆ》を焼いておられました。料理監修は服部幸應《はっとりゆきお》先生でしたから、そのお弟子さんたちが実際の調理を担当していらっしゃったのです。使用されているのは、江戸時代の品種に拘《こだわ》った野菜たち、魚も出来る限り天然のものを用いている、と伺いました。（あまりに美味《おい》しそうで、こっそり涎《よだれ》を拭《ぬぐ》っていたら、帰り際、焼いたばかりの鮎を「どうぞ」と差し出されました。誰にも見えないように、スタジオの隅で食べたことは内緒です。）

つる家のセットでは、種市《たねいち》が買い戻した簪《かんざし》を、澪《みお》の手で芳《よし》の髪に挿す場面の撮影が続けられていました。真剣勝負の撮影風景を皆さんと固唾《かたず》を呑《の》んで見守ります。その後、プロデューサーさんに先導されて、翁屋《おきなや》のセットの中を歩いたり、かつらや装束などをじっくり眺めたり、撮影所の食堂で松本穂香さんたちと昼食をご一緒したり、と、撮影現場を満喫させて頂きました。

見学を終えての別れ際、いつも私の本の表紙を飾ってくださっている木版画家の卯《う》月《づき》みゆきさんが、

「日本髪のかつらをこんなに間近で見られて、本当に勉強になりました。ありがとうございました」

と、幾度も幾度も頭を下げておられました。

常は、パソコンに向かって、キーボードで文字を打ち込んでいます。その平面な世界が、多くの人の手を借りて立体的に組み上がっていく。稀有《けう》な場面に遭遇させて頂いた思いで、スタジオを後にしました。

映画のエンドロールに名前を、という話が出たのは、そのあとでした。原作者としてのクレジットは冒頭に出るとのこと。

「では、エンドロールには、母の名を入れて頂けませんでしょうか」

そんな頼みごとをしました。

登場人物のひとり、つる家の店主には私の父の名を借りました。母の名も出すことが叶えば、両親揃《そろ》って映画出演を果たしたことになるなぁ、と思ったがゆえです。

「私も祖母の名を、映画の登場人物に使ったことがあるよ」

角川さんはそう仰って、受け容《い》れてくださいました。

二〇二〇年はコロナ禍のために、東京オリンピックの開催が見送られた年でした。三月十七日、東京映像センターにて映画「みをつくし料理帖」の試写会があり、二度の上映とも参加させて頂きました。

一度目、原作の世界観が大切に扱われ、映像の中に息づいていることを感じました。ラスト近く、野江《のえ》が逡巡《しゅんじゅん》しつつ白狐《びゃっこ》のお面に手を掛けるところから、映画は小説の枠を軽やかに飛び越えて躍動します。花魁《おいらん》としてではない、素顔の野江が幼馴染《おさななじ》みの澪に向ける笑みの、何と清らで美しいことか。原作が角川春樹監督の映画作品として、見事に昇華した瞬間でした。

一度目の上映が終わったあと、私は立ち上がり、すぐ後ろの席の角川さんに、想《おも》いを込めて深く一礼しました。

「髙田さんの評が、一番恐《こわ》かった」

角川さんは短く仰って、笑っておられました。

休憩を挟んで、担当編集者と並んで二度目を観た時に、ロケ見学の様子が画面に重なり、「何と丁寧に作られた映画だろう」と感じ入りました。役者さんたちの演技は勿論ですが、細部に嘘がなく、登場する料理の湯気や香りまでもが画面からこちらに迫ってくるようでした。

その夜、映画に関わってくださったかたがたと銀座で食事をして、ホテルに戻りました。深夜、思い立ってホテルを抜け出し、ひとり、「山桜桃《ゆすら》」というバーへ向かいました。店主は「八朔の雪」刊行間もない時から、私を応援し続けてくれたひとです。生まれて初めてボトルを入れて、静かに祝杯をあげました。

映画の封切りは、その年の十月十六日。

本来ならば真っ先に劇場に駆け付けるはずが、「あきない世傳　金と銀」シリーズ第十巻「合流篇」の修羅場の最中でした。菊栄《きくえ》とお梅《うめ》、鉄助《てつすけ》が江戸になかなか到着しない、という不穏なシーンを書き進めていました。結局、母を車椅子《くるまいす》に乗せて少し遠くの映画館へと足を運べたのは、十一月に入ってからでした。

冒頭で私の名前がクレジットタイトルで表示された時、母はスクリーンに向かって大きく拍手をしました。館内にその音が響きます。照れくさい思いで、母の腕をぽんぽん、と軽く叩《たた》きます。本編が始まると、母は前のめりになって見入っていました。エンドロールを迎えれば、大勢の中に、確かに母の名がありました。それを見つけて、今度は遠慮がちに拍手を送っていました。場内に明かりがつくと、母は「人生には、こんなに幸せなことが起こるんやねぇ」と、本当に幸せそうに言いました。

最新刊のゲラが完全に手を放れるまでは、作者として気の抜けない日々が続きます。それは映画が公開中であろうと変わりがなく、周囲からは「こんなに嬉しいことはないはずなのに、随分、淡々としてる」と不思議がられました。

真っ赤に朱を入れた「合流篇」の再校ゲラを抱えて上京し、担当編集者に託したあとは、印刷所から三校ゲラが戻るまで一日だけ猶予があります。船堀シネパルが今なお上映中だとわかり、十二時五分の開始に合わせて、映画館へと向かいました。館内には「セーラー服と機関銃」や「時をかける少女」などの主題歌が次々と流れ、角川春樹さんの全ての映画作品のポスターが貼《は》られています。

迷わず真ん中の席を陣取り、スクリーンに見入りました。すでに三度観ているはずが、笑って泣いて、映画を存分に堪能《たんのう》します。エンドロールに母の名を見つけたところで、ひとり、大きな拍手を送りました。

母の台詞ではないのですが、人生にはこんなに幸せなことが起こるのか、との思いを噛《か》み締めた愛しい時間でした。

多田和博さんのこと

　原稿が一冊の本に仕上がるまでには、様々な工程を経ます。中でも、本としての外観、即《すなわ》ち、表紙のデザインや帯（一目で内容がわかるよう、キャッチコピーなどを印刷し、くるりと本に巻く短い紙のこと）など、どのような佇まいの本にするのかを決めるのは、極めて大切な作業だと言えるでしょう。

　作品の魅力がしっかりと伝わり、思わず手を伸ばしてしまうような外観にするために肝要《かんよう》なのが装画と装幀《そうてい》です。装画には、油絵、水彩、水墨、木版、コンピューターグラフィックス等々、さまざまな種類があります。その絵をどんな風に用いるか、題字や作家名の大きさ、字体、色などをどうするか。どのような帯を巻くのか。そんな本の装幀に関わること全てを請け負うのが装幀家です。

装幀家を表す「ブックデザイナー」という言葉を定着させたのは、多田和博《ただかずひろ》さんではなかったか、と個人的に思っています。

手塚治虫さんの名作「ブラック・ジャック」に斬新な装幀を施し、耳目を集めたのが、多田さんのブックデザイナーとしての第一歩でした。当時、リアルタイムでその本を書店で見かけた時の衝撃は忘れ難いです。以後、多くの本の装幀を手がけられて、出版業界では密《ひそ》かに「ベストセラー請負人」などと呼ばれていました。

私が知己を得たのは、「みをつくし料理帖」シリーズ第一作が刊行されて間もない頃。別作品の装幀の件で、天満橋《てんまばし》近くの「フィールドワーク」という事務所を訪ねて、ご挨拶《あいさつ》させて頂いたのが最初でした。

江戸時代から続く寿司店でお昼をご馳走になり、当たり障りのない遣《や》り取《と》りをさせて頂いたはずでした。しかし、当時の私は、「売れる条件」を全て外した「みをつくし料理帖」が、この先、一体どうなるのだろうか、という不安を胸の奥深くに抱えていました。ジャズ音楽の流れる店で食後の珈琲を飲み、駅まで送って頂く途中で、ふと、多田さんは立ち止まって私を振り返りました。

「髙田さん、『みをつくし料理帖』は、きっと巻を重ねるごとに愛される。沢山のひとに読まれる作品に育ちますよ」

不意にかけられた言葉に、私は胸をつかれました。

「みをつくし料理帖」の装幀は、多田さんのお仕事ではありません。にも拘《かか》わらず読んでいてくださり、なおかつ、こちらの心細さまでをも見通しておられたのです。

心ある言葉は、弱気や不安からそのひとを救う「お守り」になります。多田さんの言葉を胸に、私は同シリーズの執筆を続けることとなりました。

馬齢を重ねはしても、作家としては駆け出しの私を、多田さんは常に気に掛けてくださり、「出版社のパーティー、一緒に行きましょか」「銀座に『おっかあ』て呼んでるママのいるバーがあって、そのママが『八朔の雪』をえらい気に入ってて。今度、髙田さんを連れて行こかと思うて」等々、始終、お声がけを頂きました。

ある年の八月一日、その日は多田さんのお誕生日でした。

八月一日は「八朔」で、江戸時代の吉原では、遊女たちが白装束で客を迎えた、という逸話で知られます。白いシャツ、白いジーンズ、バッグも靴も白で揃えて、「八朔の雪」よろしく、はりきってフィールドワークを訪ねました。丁度、作家の浜田文人さんがお見えになっておられて、多田さんより先に浜ちゃん（私は浜田さんのことをこう呼んでいました）に見つかってしまい、「ひゃっひゃっひゃっ、郁ちゃん、アホと違うか」と大笑いされてしまいました。

また、ある時は、

「髙田さん、名刺が要るんと違うか。自宅の住所が公になるんは恐いやろから、うちとこで作ってあげよう」

と仰って、本当に多田さんやスタッフのかたとお揃いの名刺を作って頂きました。肩書が「客員社員」になっていて、眺める度にニヤニヤしていました。

「客員社員というより、新米丁稚《でっち》ですから、トイレ掃除に伺います」

「そんなんは要らんから、図書館に来る時は事務所に顔出してや」

多田さんに言われて、中之島図書館に行く度に、「これからお邪魔します」と連絡を入れました。時には、北浜あたりまで多田さん自ら、自転車で迎えにきてくださることもありました。

「髙田さんは丁寧やから」

時折り、多田さんは私をそんな言葉で評してくださって、都度、根が粗忽者《そこつもの》の私は丁寧を心がけるようになりました。調べ物も朱入れも丁寧に。そうした心がけは次第に、作家としての習慣になっていきます。

巻を重ねるごとに愛される、という多田さんの言葉のお守りの通り、「みをつくし料理帖」は多くのひとに愛され、二〇一四年、無事に第十巻「天の梯《そらかけはし》」で完結を迎えることが出来ました。

大阪の書店でサイン会をさせて頂いて、最後、気づくと多田さんの姿がありました。ずっと会場の隅で見守っていてくださったのです。件の言葉をかけてくださった、あの日の場面が蘇って、胸が一杯になりました。

そして迎えた、二〇一八年。

その年は私の作家デビュー十周年に当たりました。周年記念に何をしようか、と考えつつも、「あきない世傳　金と銀」シリーズのための取材に余念のない日々を送っていました。二月十七日は名古屋にある松坂屋史料室に向かうため、のぞみに乗車中でした。

もうすぐ名古屋、という時に、携帯電話が鳴ります。多田さんの部下のかたからでした。電波状態が悪く、話もしないうちに度々、途切れました。幾度もかけ直して、やっと繋がった時、耳に飛び込んできたのは、多田さんが倒れた、との知らせでした。祈りも空《むな》しく、翌日、多田さんは泉下の客となられました。六十九歳。丁度、新聞連載小説の挿画監修者として、毎日挿画家を変えるという大胆な試みをされておられる最中《さなか》での逝去でした。

今でも、フィールドワークにお邪魔すると、そこに多田さんの気配を感じます。帽子に手を掛けて「髙田さん」と笑顔を向けてもらっているように思うのです。

五巻までを多田さんに装幀して頂いていた「あきない世傳　金と銀」シリーズですが、第六巻「本流篇」以降、表紙を捲《めく》った袖《そで》のところに記載されているのは、「装幀　多田和博＋フィールドワーク」になっています。

多田和博さん、とっくにご存じでしょうが、あなたの装幀にかける想いは、ちゃんとふたりのお弟子さんに受け継がれていますよ。これからも末永く、私の作品の装幀をお願いしますね。合掌。

問わず橋語り

俎橋《まないたばし》に、天神橋《てんじんばし》、そして両国橋《りょうごくばし》。

私の紡ぐ物語には、幾つかの印象的な橋が登場します。主人公たちは喜怒哀楽を胸に橋を渡り、時にその中ほどで立ち止まって空を仰いだり、川面《かわも》を眺めたりします。橋のある情景を描いていると、主人公たちと同じく、私もまた、気持ちがなだらかになります。

川の傍で生まれ育ったためか、川とそこに架かる橋を眺めるのも、実際に橋を渡ってみるのも好きです。学生時代から一人で旅をしますが、橋が目に留まれば素通りしません。

木橋、石橋、鋼橋、吊《つ》り橋、太鼓橋、塗装された橋、白木の橋、流れ橋、沈み橋等々。これまで実に多くの橋との出会いがありました。ただ、渡った橋の数を数えたこともないし、名前を鮮明に記憶しているわけでもないので、「橋愛好家」を名乗るまでには至りません。しかし、たとえば地域の暮らしに根差した橋を渡れば、その土地に受け容《い》れてもらったように思うのです。橋には、そう思わせる何かが宿っているのでしょう。

昔、まだ存命だった父から聞いた話です。

父方のルーツは兵庫県の姫路にあります。山間《やまあい》の集落を貫く形で、幅の狭い川が流れています。祖父の代で神戸に移りましたが、祖父の郷土愛はとても深かった、といいます。小商いでささやかな成功を手中に収めた祖父は、ふるさとの住人の懇願を受けて、集落を流れる川に慎ましい木橋を架けたとのこと。祖父は明治十二年の生まれですから、大正から昭和初めにかけての話でしょうか。「髙田橋」という名を与えられた木橋は、もうとうに朽ちてしまい、何処に在ったかも定かではありません。

もとより父による口伝《くでん》のみで、髙田橋の証《あかし》になるものは何もないのです。しかし、「毎朝、井戸端《いどばた》で顔を洗う時に、お天道《てんと》様に手を合わせていた」との逸話の残る祖父ならばおそらくは、との思いが消えません。歴史に名を刻むことはなくとも、働き者で信心深かったという祖父に対して、敬愛の情が溢《あふ》れます。出会う橋、出会う橋に心を惹かれるのは、顔も知らぬ祖父を思い起こすこともあるからでしょう。

版元の角川春樹事務所さんを訪ねる時、最寄り駅の地下鉄九段下《くだんした》を利用します。地上に出ると、すぐ目に入る橋が俎橋です。「みをつくし料理帖」シリーズ第一作「八朔の雪」の出版が決まって間もない頃、この橋を渡る度に「良い名前だなあ」と思ったものです。江戸時代の切絵図と名所図会《めいしょずえ》とに登場することを確認した上で、二作目の「花散らしの雨」から、つる家の新店《しんだな》が俎橋の近くに在《あ》る、という設定にしました。自然、俎橋は物語によく登場するようになります。シリーズは完結しましたが、今でも橋を渡る度に、大事なひとたち、懐かしい仲間たちに会いに行くような気持ちになります。読者のかたから「俎橋に行ってきました」と声を掛けられることも多く、ありがたく思っています。

「蓮花の契り　出世花」の中の「夢の浮橋」という短編で取り上げたのは、永代橋《えいたいばし》。隅田《すみだ》川に架かる橋は、討ち入りを果たした赤穂義士《あこうぎし》が渡ったことで知られます。物語は文化四年（一八〇七年）に実際に起きた崩落事故を題材としました。史実は出来る限り忠実に、との思いから、多くの資料に当たりましたが、露わになる事故の惨《むご》たらしさに、幾度も調べ物の手が止まりました。ある日、思い余って永代橋に出かけ、隅田川の川辺に佇んで手を合わせました。そうせずにはいられなかった。その時の抜けるような空の青さと、波立つ川の深い藍《あい》色は忘れ難いです。

両国橋は「あきない世傳　金と銀」シリーズの舞台が江戸に移ってからの、大切な場面の舞台になりました。主人公の幸《さち》と賢輔《けんすけ》が跡目を巡って遣り取りを交わすのも、「金と銀」に対する想いを賢輔が幸に打ち明けるのも、この橋上でした。錦絵に描かれることの多い両国橋ですが、ふたりの場面を描くために沢山の錦絵のお世話になりました。

そして、忘れてならないのが、大坂の天神橋です。「銀二貫」で井川屋店主和助が寄進を誓ったのは、焼失した天満《てんま》天神社《てんじんしゃ》を再建するためでした。天神橋は、その「天満の天神さん」ゆかりの橋です。登場人物たち、ことに主人公の松吉《まつきち》と想い人の真帆《まほ》との行く末を見届けた橋でもあります。松吉が真帆への想いを自覚し、気持ちを打ち明けるべく天神橋を駆け抜けて真帆のもとへとひた走る場面を描いた時のこと。実際に、同じルートでかつての順慶町《じゆんけいまち》まで走ってみました。

季節は真冬、ダウンコートの裾《すそ》を翻し、全速力で走るも息切れして大幅にペースダウン。無事に目的地まで辿《たど》り着いた時には、愛しいひとを抱き締めるどころではなく、心臓が壊れるかと思いました。妙な敗北感を味わいつつ、「うん、でも、松吉ならきっと出来たはず」と自身に言い聞かせました。

江戸時代には豪雨や大火で幾度となく流されたり焼け落ちたりした天神橋でしたが、今はコンクリート製の頑丈な橋となって、街の移り変わりを見守っています。さすがにもう全速力で走ろうとは思いませんが、思考回路を充電したい時など、「明日に架ける橋」という曲を頭の中で再生しながら、ゆっくりと歩いて渡っています。


生きていれば、思いがけない災禍に見舞われることが度々あります。

二〇二〇年の年明けから国内での感染が報道されるようになり、そこから「コロナ禍」と呼ばれる状況が続きます。コロナウイルスは生命を危険に晒《さら》すばかりでなく、ひとびとの暮らしまでをも直撃します。誰にとっても試練の毎日ですが、経営難から次々と灯《ひ》を消す店や会社が増えていくのは切なく寂しいことです。書店さんの閉店の知らせは、私にとっては特に応えました。

執筆の合間にふと「私にも何か出来ることはないだろうか」と思い、都度「いや、まずは作家として己のすべきことを」と考え直す日々を送っていました。拙著「ふるさと銀河線　軌道春秋」（双葉文庫）が、第十回「大阪ほんま本大賞」に選んで頂けた、との連絡が入ったのは、そんな時でした。

受賞の報を受けた時、とても嬉しく思う反面、「受けてしまって、本当に良いのだろうか」との逡巡もありました。二〇一三年に始まったOBOP（Osaka Book One Project）の選定本が第四回に「大阪ほんま本大賞」という名称に変わり、今に至っています。つまり、第二章で書いた通り、私はすでに第一回を「銀二貫」で受賞させて頂いていました。大阪が舞台の本、大阪所縁《ゆかり》の著者の本は、他にも数多く出版されています。同じ作家が二度受賞してしまえば、せっかく皆が今まで築き上げてきた賞への信用や評価が揺らいでしまうのではないか。そこが最も気がかりでした。それでも「やはり受けさせて頂こう」と腹を決めたのは、第一回受賞の時に皆と心をひとつにして活動した経験を踏まえて、たとえコロナ禍であっても何か出来るのではないか、と思ったがゆえです。

実はOBOPの取り組みと出逢《であ》って以来、私なりに読書文化のために貢献できれば、と考えるようになり、色々なひとに知恵を借り相談を重ねて、前年に一般財団法人髙田郁文化財団を立ち上げたところでした。OBOPは、私に生き方の指針を与えてくれた大きな存在です。第十回受賞は「原点を忘れぬように、しっかりやりなさい」という小説の神様からの後押しだと、受け止めることにしました。

大阪天満宮の天神祭りの初日、七月二十五日に受賞作が発表されて、活動がスタートしました。感染者数の推移に気を払いつつ、十一月最初の日曜日、講演会&サイン会が大阪府立中之島図書館で開催される運びとなりました。

中之島図書館は、時代小説の世界へ転身する際に通い詰めた、思い出深い場所です。当時は漫画原作の仕事を絶ったため暮らしに余裕がなく、地下鉄代を惜しんで梅田から歩いて通っていました。中之島図書館は、堂島川《どうじま》を挟んで大阪地方裁判所・大阪高等裁判所と向かい合う位置にあります。図書館と裁判所を結ぶのは、水晶橋《すいしょうばし》という名の美しい象牙《ぞうげ》色の橋です。情感漂う名前の由来は諸説ありますが、黄昏《たそがれ》時、橋に設置されたランタンに灯が点《とも》ると、それが川面に映るさまがまるで水晶のようだから、という説に軍配を上げたくなります。

水晶橋は両端が階段になっている分だけ空に近く、車は通りません。

あの頃の私は、よくこの橋の上で深呼吸をしていました。かつて手放した夢と、その時しがみつこうとしている夢。それらを象徴するような両側の建物に挟まれ、「自分の人生はこの先どうなるのか」「無謀な生き方をしているのではないか」等々の不安を振り払い、幾度も空を仰ぎました。そんな私を揺らぐことなく受けとめてくれたのが、この水晶橋でした。

OBOP主催のイベント当日、会場に向かう途中で水晶橋の姿を認めた時、あの頃の記憶がまざまざと蘇りました。長い長い時を経て、中之島図書館で作家として講演会をさせて頂くことになるとは思いもしません。その日の講演会では、中之島図書館に通い詰めた日々のことや橋を巡る思い出などの話をさせて頂きました。語りながら、改めて、己の人生と橋との関わりについて考えずにはいられませんでした。

祖父のように財を投じて橋を架けることは出来ずとも、ひととひととの縁を繋いで、まだ見ぬ明日に橋を架けたい。そんな生き方をしたい、と改めて思います。

変身！

書店でサイン会をさせて頂く時、制服があれば制服を、エプロンがあればそのお店のエプロンを、身につけさせて頂くことにしています。ただの制服好きです。

もともと顔出しをしていないこともあって、会場に居ても、本人だと気づかれることは稀《まれ》です。ペンやマイクを手にしたところで、ご来場の皆さんは「ああ、書店員さんがこれから注意事項を口頭で説明するんだろうなあ」という顔でご覧になります。

「髙田郁です」

名乗った途端、会場が笑いで揺れます。「よし、摑《つか》みはオッケー」と内心、ガッツポーズをします。

ただ、「あきない世傳　金と銀」シリーズを手がけるようになってからは、「華やかな呉服商が舞台なのだから、作者本人も素晴らしい着物姿で登場するに違いない」と楽しみにしているかたも居《お》られます。ご期待を裏切って申し訳ないのですが、暫くはこのスタイルを通させてくださいませ。

普段、原稿を執筆している時は、読者のお顔は見えません。サイン会で初めて「あ、このひとが読んでくださっているんだ」と思います。サイン会は私にとって、読者の方と直接会ってお話できる、この上もなく大事な機会です。

お誕生日と聞けば、周囲を巻き込んでバースデーソングを歌い、受験を控えていると知れば、かしわ手を打って合格祈願をする。病を打ち明けられれば平癒を祈り、赤ちゃんが現れたなら力士宜しく抱き上げて健やかな成長を願う。介護に疲れたひとには「頑張りすぎ禁止」と両の手を握り、泣き出すひとには「大丈夫、大丈夫」とその肩を抱く。あたかもミュージカルのようなサイン会には、制服やエプロンがぴったりです。それに、お店のイメージを損なわないよう、自然と仕草にも気を配りますので、粗忽者の私には何よりなのです。

え？　「どんな言い訳をしたところで、ただの制服好きなんだろ？」ですと？

見抜かれましたか、はい、その通りです。そして、イタズラ好きでもあります。

第一回のOBOPの活動時のことです。

月に一度の会合に、清掃スタッフに化けて乗り込んだことがありました。勿論、手引きをしてくれるひとが居ればこそですが。

白い割烹着《かっぽうぎ》と三角巾《さんかくきん》を持参し、清掃道具のおさまっている部屋で身仕度を整え、モップのささった清掃用カートを押して、会議室へと入ります。議論が白熱する中、「お邪魔します」と声を掛けて入室する私を見て、皆がきょとんとします。

手引きしてくれたひとから「ここの汚れがどうにも気になって」と指し示された箇所に、「はいはい、お任せを」と丁寧にモップをあてます。

一体、何が起きているのか、と室内は水を打ったように静まり返っていました。

その微妙な空気がおかしくて、掃除をしながら懸命に笑いを堪《こら》えました。両の肩がぷるぷると震えだします。もしかして、との声が洩れ、次第に皆が気づき始めました。会議室が朗笑で揺れたところで、作戦終了です。いやもう、楽しかったの何の（あくまで、私がですが）。

いい年をしてイタズラが過ぎるとは思いますが、当時を振り返ると、何とも幸せな気持ちで満たされます。

以前、角川春樹さんが関西のとある書店さんに挨拶に来られると伺った際に、その書店員に化けたことがありました。

書店さんのエプロンを借りて新入社員になりすまし、店長やスタッフと綿密な打ち合わせを終えて、バックヤードでひとり、角川さんを迎えたのです。

事情をご存じない角川さんは、新入社員の正体に気づくや否や「ぎゃっ」と叫ばれました。同行していた角川春樹事務所のひとたちは、突然の社長の叫び声に肝を潰《つぶ》し、ちょっとした騒ぎになりました。ただ、角川さんご本人は「しようがないなあ」と大層、面白がってくださいました。部下のかたたちには申し訳なかったのですが、サプライズは大成功でした。

そして数年後、角川さんがまた関西に、今度は別の書店さんに来られるという情報を得て、再びイタズラ心がむくむくと首をもたげました。

ただし、すでに一度使った手はもう使えません。どうしようか、とあれこれ考えていた時、その書店の女性責任者が、

「うちの店はバックヤードが狭いので、版元さんが来られると、いつも近所の喫茶店に行って話すんですよ」

と、仰いました。

店同士のお付き合いも随分と長いと伺って「それだ！」と。すぐさま交渉をお願いして、私は駅前の喫茶店のウェイトレスに化けることになりました。当日、メイド喫茶も顔負けのフリフリのエプロンと、大きなマスクを用意して、勇んで出かけました。まだコロナが流行《はや》る前のことなので、マスク姿は相当目立ったと思います。

昭和の香りが色濃く漂う、昔ながらの純喫茶。業務用冷蔵庫の陰に隠れてその時を待つ私に、喫茶店側の老婦人が「髙田先生、角川さんが気ぃ付かはるかどうか、賭《か》けをしませんか」と持ち掛けました。流石《さすが》、関西の乗りです。

やりましょう、と二つ返事で、

「水、おしぼり、メニューを順にテーブルに置く間に正体がバレたら、今回の会計は私が持ちます。もしバレなかったら、角川春樹事務所にご馳走してもらいます」

という言語道断なルールを提案しました。当然、角川春樹事務所の許可は得ていません（ゴメンなさい）。

約束の時間に、書店さんに案内されて、角川さんご一行が入店なさいました。「いらっしゃいませ」と迎える老婦人の声が明らかに上ずっています。私は小脇にメニューを挟み、トレイに水とおしぼりを人数分揃えて、窓際のテーブルへと運びました。

水をテーブルに置きます。バレません。おしぼりを置きます。バレません。メニューを開いて、テーブルに載せます。バレませんでした。

角川さんがふと、私のエプロンについていた缶バッジに目を留めました。バッジは「あきない世傳　金と銀」シリーズの販売促進のために作って頂いたものです。

今だ、と思い、勢いよくマスクを剝《は》がしました。

「ぎゃっ」

角川さんの二度目の叫び声を頂きました。

呆然《ぼうぜん》とする同行者たちを尻目《しりめ》に、作戦成功を受けて、私と老婦人は手を取り合って喜びを分かち合います。

「高田さんには前にもやられたからね、書店に入る時は、『もしかしたら』と思わないでもなかったんだよ。しかし、よもや、喫茶店に出没するとは……」

角川さんは少しだけ悔しそうに、でも、とても楽しそうに笑って、珈琲をご馳走してくださいました。

書店員とウェイトレスには化けてしまいましたので、次なるアイディアを現在、思案中です。イタズラが成功しましたら、また何らかの形でご報告をさせて頂きます。

宇多さんと幸と幸子叔母と

たとえば、存命中のひとをモデルに小説を描く場合、何よりもまず当人のお許しを頂き、その上で、丹念に取材をさせて頂くことが必須です。フィクションだから何でも許される、というわけでは決してないのです。

では、そのひとが既に故人だった場合はどうでしょう。

「既にその死から何百年も経過している」「歴史上の偉人として研究し尽くされている」といったケースでは縛りが緩くなることもあるでしょうが、それに当たらない場合は、どうでしょうか。

かつて「あい　永遠に在り」という作品で、実在した関寛斎《せきかんさい》とその妻あいを描いた時に、随分と悩んだ問題です。子孫のかたを訪ねてお話を伺い、物語にするお許しを頂きはしましたが、頭の片隅には「ご本人たちが存命ならば、その意思を確かめることが出来るのに」という思いが常にありました。腹を据えて作品を送りだしましたが、極めてデリケートな問題だと思います。

江戸時代の呉服商を舞台にした「あきない世傳　金と銀」シリーズを立ち上げるきっかけとなったのは、番付表の資料の中に「いとう呉服　宇多《うた》」とあるのを見つけたことです。折しも、前シリーズ「みをつくし料理帖」の第二巻「花散らしの雨」を執筆中でした。

「『いとう呉服』は呉服商だろうし、『宇多』というのは女性の名前だろうか。どちらも聞いたことがないなぁ」

と、妙に気になり、以後、執筆の合間に調べるようになりました。

いとう呉服店は尾張名古屋の呉服商で、その第七代店主に十五歳で嫁いだのが宇多さんでした。そののち十年に満たない間に、いとう呉服店は主を次々と病で失い、宇多さんは七代、八代、九代と三代に亘《わた》っての女房となった末に、ついには自ら第十代店主となるのです。やがて、いとう呉服店は上野にあった呉服商を居抜きで買い上げて、江戸進出を果たします。このいとう呉服店こそがのちの百貨店の松坂屋である、と知った時の驚きと言ったら……。さらに調べていくうち、江戸店《えどだな》が幾度も大火で焼失したことや、その都度、店の再建だけではなく被災者支援を怠らなかったことを知ります。そうした判断は、容易に出来ることではありません。

自利のみでなく、利他。その姿勢を貫き通す女性経営者の話を書きたい。ただし、実在した宇多さんとは全く異なる主人公を作り上げて、私なりの新たな物語を紡いでみたい――そう強く願うようになりました。

江戸時代の資料を探るうち、享保《きょうほう》期の状況がバブル崩壊後に似ること、大坂には「女名前禁止」の掟《おきて》があったことや、武庫《むこ》川《がわ》周辺で綿作が盛んだったこと等々、物語世界のパーツが少しずつそろい始めました。主人公を設定する際、スケッチブックに「こんな雰囲気」「こんな風貌」と色々な少女を描いてみました。両の拳《こぶし》を握って立つ、襷《たすき》がけの少女を描き上げた時に「ああ、この子だ」と思いました。

主人公の名は「幸」。夭折《ようせつ》した叔母「幸子《さちこ》」から、一字をもらいました。

幸子叔母は、昭和二十二年春、満十一歳の誕生日を翌月に控えながら、小児結核で苦しんだ末に他界しています。まだ乳飲み子の頃に父親の井川善次郎を喪《うしな》い、戦後の混乱が続く中、ご馳走を口にすることも美しく着飾ることも知らぬまま逝ってしまった、と聞き及んでいます。

叔母が生きた証《あかし》は、古い写真二葉に残るのみ。利発そうな、少し寂しげな少女です。

叔母が生きられなかった人生を、物語の中で再生したい。そう思っての命名でした。ただし、叔母にしてみれば「こんなに苦労させて」と思っているやも知れませんが。

江戸時代に、宇多さんのような類《たぐい》まれな女性経営者が居たという事実は、しかし、殆ど知られていません。管見《かんけん》の限り、宇多さんが脚光を浴びたことは一度としてありませんでした。

シリーズを書き進める中で、「このまま最後まで触れなければ、おそらく宇多さんの存在は埋もれて、時代の彼方へ消え去ってしまう」と危惧《きぐ》するようになります。そうなってしまうには、あまりにも惜しい人物でした。

何時どんな形で宇多さんに触れるのか、悩みに悩んだまま、シリーズは第十三巻「大海篇」を迎えます。特別巻を上下巻で刊行する予定ではありますが、最終巻という位置づけであるため、「今、明かさなければ」と校了ギリギリで腹を決めました。

お名前を出す以上は、予《あらかじ》めお許しを頂かねばなりませんのに、それを怠りました。原稿を手放してから、お詫《わ》びとご挨拶に伺うべく動きました。いとう呉服店はのちに松坂屋、さらに大丸松坂屋百貨店へと変化しています。手を尽くして、漸く松坂屋名古屋店に伺うことが出来たのは、九月も終わろうという頃合いでした。

松坂屋名古屋店は、いとう呉服店が名古屋初の百貨店として開業したお店で、もとより宇多さん所縁の店でもあります。非礼を詫びる私に、小山真人店長はとても温かく接してくださいました。歓談のあと、「松坂屋コレクションをご覧になりますか」と誘われて、胸の高鳴りを抑えることが出来ませんでした。

松坂屋コレクションというのは、昭和初期に松坂屋がオリジナル呉服の創作に役立てるために収集した、江戸時代以前の装束や裂《きれ》、雛《ひな》形《がた》本など染織工芸品のコレクションの総称です。後世に伝える、という高い志のもと折々に公開されています。

実は私の手もとには、「小袖　江戸のオートクチュール」「松坂屋コレクション」の大型本があります。「松坂屋百年史」を編纂《へんさん》された菊池満雄氏から贈られたもので、五《い》鈴《すず》屋の呉服を描写する際、その二冊を常に傍らに置いていたのです。菊池氏からは他にも貴重な資料を頂戴し、それらにどれほど支えられたか知れません。

当日、松坂屋コレクションを代表する慶長小袖、それにまさに幸の時代の装束や雛形本などを間近に見せて頂くことが叶いました。これだけの工芸品をきちんとした形で残すために、どれほどの労力が費やされたのだろうか、と気が遠くなります。また、大切に手を掛け、保管されている装束の一枚、一枚から、当時の職人たちの息遣いが聞こえてくるようでした。装束の美しさを目に焼き付け、職人たちの思いを胸に刻んで、部屋を後にしました。小山店長に見送って頂いたあと、もう一度、ひとりで店内をゆっくりと歩きながら、何とも言えない感情が込み上げてきました。

文化三年（一八〇六年）一月にこの世を去った宇多さんは、二百年ののちに、自ら携わったいとう呉服店がこのような変貌を遂げていることなど思いもよらないでしょう。けれど、彼女の商いへの想いは今に引き継がれ、未来へと受け継がれていく。その事実に心が揺さぶられます。

同じように幸も「あきない世傳　金と銀」という作品が読み継がれることで、読み手の心に残り、生き続けることが出来る。もしそうなれば、大人になるまで生きられなかった幸子叔母の、その名の一字だけでも残すことが出来る。欲張りな願いだろうけれど、それが叶うよう、残る特別巻に全力を注ごう――そんな思いを嚙み締めつつ、店をあとにしました。

帰り道、振り返れば松坂屋の連なる建物の向こうに、蒼天《そうてん》が広がっています。私には宇多さん、幸、そして幸子叔母へと繫がる空でした。

命をつなぐ、心をつなぐ

もう四十年ほど昔のことです。

ひとりの友との出会いがありました。当時の私は法曹界を目指し、法学部に通っていました。同じ学部の一学年下に、バオバブは在籍していました。大地にどっしりと根を下ろす巨木のようでありたい、と話していたのが「バオバブ」というあだ名の由来です。

おおらかで、お人好《ひとよ》し、のんびり屋の彼女と、警戒心が強く、神経質で理屈っぽい私。性格は正反対でも「ひとの役に立てる生き方をしたい」という密やかな志と、「食いしん坊」という共通点がありました。ともに一人暮らしだったため、時には互いを手料理でもてなし、夜中まで話し込んだりしていました。

「私、やっぱり医者になる」

ある時、突然、バオバブは言いました。かつて医学部受験で何年も浪人し、悩んだ末に進路を変更したバオバブでした。

諦《あきら》めたはずじゃなかったの、という台詞を、私はぐっと呑み込みました。一度きりの人生です。後悔したくないからこその再挑戦の決断だったのでしょう。

大学を卒業してからも、私は法律家になる、という夢を手放せず、司法試験を受けては落ちる、を繰り返しました。バオバブもまた、医師になるべく努力を重ねていました。「いつまで夢を見ているのか」という後ろめたさ、己の不甲斐《ふがい》なさに身をよじりながらも、私にはバオバブが、バオバブには私が居ることで、互いにどれほど励まされたか知れません。

そののち、私は郷里に引き上げ、法曹界への道を断念して、まるで畑違いの漫画原作の仕事に就きます。バオバブは、苦労の末、志を貫いて医師になりました。

私の父が癌《がん》を発症し、入退院を繰り返していた時のこと。もともと病弱な父にとって、それは人生で十七回目の入院でした。もう食事を摂《と》る気力もなく、点滴などの管が一本、また一本と増えるばかりです。父の命の灯が消えつつあるのを見守らねばならないのは、とても辛《つら》いことでした。足を骨折した母を車椅子に乗せて、大阪の総合病院まで様子を見に行くのですが、夜遅く帰ろうとした時に、

「あと少し、ここに居てくれへんか」

と、父が言いました。

大正生まれで、まかり間違ってもそんな弱々しい台詞を口にする男ではありませんでした。父を家に連れて帰りたい、と思いました。残された時を、せめて住み慣れた我が家で、と。まだ、介護保険制度もない時代、在宅で介護するひとは周囲には居ませんでした。まず相談したのが、バオバブです。

「あなたなら出来るよ、何でも協力するから」

そのひと言に背中を押され、腹を決めました。方々へ足を運び、色々と知恵を借ります。助けてくれるひとたちも現れて、無事に父を病院から自宅へと移すことが叶いました。

在宅介護に踏み切って、最初の受診日。さて、どうやって父を大阪の病院まで運ぼうか、と途方に暮れていた時、バオバブが新幹線で駆けつけてくれました。レンタルしたワゴン車を家の前に止め、バオバブは父の寝室に入ると、ベッド脇に腰を屈《かが》めました。

「お父さん、私に負ぶさってください」

大丈夫ですよ、慣れていますからね、とバオバブは優しく言い添えました。

恥ずかしいことですが、その時まで私には「父親をおんぶする」という発想がありませんでした。私に手本を示すように、バオバブは病み衰えた父を軽々と背中に負って、ゆっくりと慎重に歩き、ワゴン車に移したのです。彼女に、返せないほどの恩を受けた、と思いました。

そうして迎えた、平成十一年のお正月。

髙田家のお正月は、重詰めのお節料理の他、元日と二日はお雑煮、三日は茶碗《ちゃわん》蒸しがお膳に並びます。お雑煮は、関西では珍しい「名取雑煮」と呼ばれる澄まし仕立てのもの。お節にもお雑煮にも飽《あ》きてきた頃に登場する茶碗蒸しは、家族全員の好物でもありました。

元日、父はダイニングの自分の席に座り、新年を寿《ことほ》ぎ、量は控えめでしたが、上機嫌でお雑煮を平らげました。三日目の茶碗蒸しは、ベッドで。結局、それが家族で過ごす最後のお正月になりました。

父が身罷《みまか》って十年ほど経った頃、既に漫画原作から時代小説の世界へと転身していた私は、「みをつくし料理帖」シリーズを手がけるようになっていました。バオバブは当時、静岡県内の病院の勤務医でした。

ある日、東京からの帰りに途中下車をして、彼女との久々の再会を果たします。

「一年中、お雑煮を食べさせてくれる店があるのよ」

そう言って案内された料理屋で、初めて、静岡のお雑煮を食しました。澄まし仕立てで、表面が見えないほど、どっさりと鰹節《かつおぶし》がかかっています。

「土地、土地でお雑煮って違うねぇ」

静岡の味に舌鼓を打ちながら、お雑煮談議に花を咲かせたあと、バオバブはふと、

「あの時、在宅介護に踏み切って良かったね。お父さん、自宅でお正月を過ごせて本当に良かった」

と、洩らしました。

ふいに、父を背負うバオバブの姿や、お雑煮を美味しそうに食べる父の姿が蘇って、目の奥がじんと熱くなりました。

長く友情を育んでいながら、彼女に我が家のお雑煮も茶碗蒸しも振る舞ったことがありませんでした。いつかご馳走させて、と彼女に伝えたのかどうか、それどころか彼女の台詞にどう応じたのか、記憶は朧《おぼろ》です。

彼女はそののち、医療施設の少ない地域に、小さなクリニックを開業しました。「夜、うっかり眠ってしまって携帯電話の着信に気づかないと困るから、音量を最大にして、常に傍に置いているの」

診察時間外でも、呼び出されたなら何時でも患者さんのもとに駆け付けるためだ、と話していました。温和な人柄と、医師としての誠実な姿勢に、地元の患者さんたちから厚い信頼を寄せられていた、と聞きます。

けれど、無理がたたったのでしょう、開院から僅《わず》か三年足らずで、彼女自身が倒れ、あっと言う間に旅立ってしまいました。昨年一月のことです。

映画「みをつくし料理帖」に登場する、お雑煮と茶碗蒸し。試写室でそれらの料理を目にした時、脳裡に浮かんだのは、父とバオバブのことでした。

作品を貫くテーマ「食は人の天なり」の通り、食は命を繋ぐ最も大切なものです。そしてまた、食はひととひととの心を結びつけるものでもあります。私にとって、先の二つの料理は、まさに亡きひとと私の心を繋ぐものでした。

これは私に限ったことではなく、特定の料理に思い出を持つひとは多いでしょう。切なさ、哀《かな》しみ、喜び、幸せ——料理を巡る思い出は、記憶するひとが居なくなれば、この世から消え去ってしまう。けれど、そうした思い出は、実は密かに料理に刻まれて、明日に伝えられていく。過去から未来へ、会うことのない誰かと誰かの心を繋いで、味わいを深めてくれるように、私には思われてなりません。

（※朝日新聞「ボンマルシェ」二〇二〇年十月十六日付）

光に出逢う日〜あとがきに代えて

私事ですが、二〇二〇年五月に松竹の舞台にかけられる予定だった「あい　永遠に在り」が、コロナ禍で取り止《や》めになったあと、サイン会なども控えていました。コロナの感染状況を注視しつつ、まずは昨夏、「あきない世傳　金と銀」シリーズ最終巻刊行に際し、サイン会を開催させて頂くことになりました。東京でのサイン会は三年ぶりです。場所は八重洲ブックセンター本店、これまで幾度もサイン会を行わせて頂いた、思い出深い書店です。

サイン会当日、角川春樹事務所の営業担当、それに編集者とともに書店入りしました。中を歩きながら、「そうだった、そうだった」と。このお店は、私の大好きな映画「男はつらいよ」シリーズの第五十作「お帰り　寅さん」で登場していました。

寅さんの甥《おい》の満男君が、何と作家になって、初めてのサイン会をここで開く、という筋立てでした。第一作から映画館で作品を見続けていましたが、よもや、小さかった満男君が中年になり、しかも小説を書くようになるなど、思いもしません。初恋のひとだった泉ちゃんがサイン会の会場に現れた時、八重洲ブックセンターの紙袋を手にしているのを見て、「そうか、そうか、満男君の初めてのサイン会は八重洲ブックセンターさんか」と嬉しくなったことをよく覚えています。

満男君の時とは違い、今回はコロナ禍での開催です。

三十分ほどのトークはマスクをつけたまま、そのあとのサイン会ではアクリル板越し、為書《ためが》きなしのサインのみになってしまいました。久々に再会が叶ったかたや、「初めまして」のかたと、ほんのひと言ふた言ですが、遣り取りさせて頂けることが、無性にありがたいのです。

「結婚して、今日は旦那《だんな》さんと一緒にきました」

「無事に定年まで勤め上げて、今は第二の職場で頑張っています」

幸せを披露してくださるひともあり、介護のしんどさに涙ぐまれるひともあり。辛い病を脱してアルバイトを始めた、という報告もありました。呉服店にお勤めだったかたや、松坂屋の紙袋で差し入れをくださったかたもいらっしゃいました。握手の代わりに、ハグする素振りの「エアハグ」を、おひとりずつと交わし合います。

中に、五つくらいの坊やの手を引いたお母様が居られました。

「先生は覚えておられないかも知れませんが、この子を妊娠中に先生のサイン会に参加させて頂いた時、先生が会場の皆さんと一緒に、水天宮さんの方角に手を合わせて、安産祈願をしてくださったんです」

無事に出産し、こんなに大きくなりました、と笑顔で坊やを紹介してくださいました。初めはきょとんとしていた坊やが、ママにあやされて、花が咲いたように笑ってくれました。小さな坊やを抱き上げたい、と思いましたが、そこは我慢、我慢。

ご来場のかたとエアハグを交わす度に、コロナ禍で味わった辛さ切なさ、その中に見出した希望を分かち合えるようで、胸に光が宿りました。

次いで秋には松江での講演会、福岡でのサイン会、大阪市内でのOBOP関連のイベント、さらに十二月には、「銀二貫」(版元を変え、加筆修正の上で角川春樹事務所より出版)の刊行記念として天王寺でトーク&サイン会を開かせて頂けました。いずれも、八重洲の時と同じく、初めてのかたもご無沙汰《ぶさた》のかたもいらっしゃって、会場は終始、温かで穏やかな雰囲気に包まれていました。

初めましての読者さんを前にすれば、気持ちが浮き立つと同時に、末永いお付き合いをと心から願います。これまでに交流のあった読者さんのことは、何処か身内のように思ってしまい、コロナ禍で何年も会わないと「お元気かなあ」「どうしておられるかな」と案じられてなりません。闘病中のかた、事業に難儀されているかた、大事な誰かを喪ったかた等々。気がかりだった読者さんとの再会が叶うと、時には互いに涙ぐんでしまいます。エアハグを交わす度に胸に宿った光は、無事にサイン会を終えて帰路についた時にも、消えることがありませんでした。

特別な事情がない限り、本を出すのは二月と八月、俗にいう「ニッパチ」に決めています。

お正月とお盆のあと、お財布の紐《ひも》が固くなる二月と八月に刊行することで書店さんに足を運んで頂けると嬉しい、というのもありますが、半年に一冊というペースが身体に沁《し》みついています。

時代小説の場合、下調べや取材に二か月、執筆に二か月、手直しに二か月。私の執筆サイクルは二か月刻みです。最初の二か月は、物語を構築すること、生みだすことへの深い喜びがありますが、あとの四か月は、まるで異なります。

初稿が気に入らず全て書き直したり、校正ゲラに朱を入れたり、紙を足して加筆したり、さまざまな工程を経て、ぎりぎりにゲラを手放し仕事を終えます。ただし、担当編集者に手渡すその直前まで「もう少しだけ時間をください。見落としがあるかも知れないから」とゲラを抱え込んでいます。諦めの悪さは周囲も顎《あご》を外すレベルで、何より印刷所泣かせです。申し訳ないし改めなければ、と思うものの、毎回同じことを繰り返してしまいます。

作業中は無我夢中ですし、ゲラが手を放れた時には放心状態です。全力を尽くしたはずが、ゲラが印刷所に渡った瞬間から、恐ろしくてならないのです。自分の中で「もっと書けたのではないか」「もっと出来ることがあったのではないか」という気持ちが芽生えて、消えることがありません。一度たりとも、満足も得心もしていません。これはもう性分なので、どうしようもないのです。だからこそ、「次はもっと良いものを書こう」と思い、そう思うことで書き手として慰めを得ています。

そして今なお「まだデビューしていない」という夢を見ます。書いても書いても次に繋がらないという悪夢で、うなされて目覚めます。大抵は、新刊が書店の店頭に並ぶ前日です。「これは夢だ、夢に決まっている」と夢の中で自身に言い聞かせるのですが、「果たしてそうか。『みをつくし料理帖』も『あきない世傳　金と銀』も夢なのではないか」と囁《ささや》く己が居ます。天災や人災など怖い目には幾度も遭っているはずが、それらとは全く違う種類の恐怖です。流石に学んで、ここ数年は、目覚めた時にすぐ視野に入るように、ベッドサイドに新刊を置くようにしています。

かように、ゲラを手放した時から新刊発売日を迎えるまでは、真っ暗なトンネルの中を手探りで歩いている感覚です。

だからこそ、新刊が発売されて、書店員さんの手で並べられるのを目にした時、トンネルの出口が見えた、と思います。一冊を手に取り、レジに向かうひとに出くわした時には、心の中で手を合わせます。自分の書くものが求められるというのは、決して日常ではないのです。目の前で奇跡が起こっていて、その奇跡の後押しをしてくださるのが書店さんだと、しみじみ思います。

コロナ禍になる前は、新刊発売直後にサイン会を何か所かで開催するのが常でした。サイン会に足を運んでくださるひとが居ることに、毎回、ホッとしました。サイン会が開かれなくなってからは、新刊を読まれた読者のかたからのお手紙が編集部経由で沢山、届きました。一通、一通、大切に目を通せば、おずおずと投げた球を両手でしっかりと受け止めて頂けたような感慨がありました。

書店さんでの光景、読者さんからのお手紙、そして三年ぶりの講演会やサイン会で、私はどれほど多くのかたから支えられているのだろうか、との思いを深めました。そうした応援が、私を覆う闇《やみ》を拭い去り、代わりに光を抱かせて[illegible]です。

　コロナ禍が私たちの暮らしを直撃するようになって四年目、未《いま》だはっ[illegible]りと[illegible]わりが見えない現状です。コロナに罹患《りかん》して亡くなられるかた、後遺症に苦しまれるかたが後を絶ちません。暮らし向きも厳しくなる一方ですし、生き難《にく》さに拍車が掛かる日々が続いています。今はただ、秋に蒔かれて芽吹いた麦が、雪の重みに耐えて生き抜き、やがて春を迎えることを想うばかりです。

　あなたが幸せなら、遠くからそっと。

　悲しみや苦しみに押し潰されそうならば、その傍らに。あなたがどんな状況にあっても、私の紡ぐ物語があなたとともに居られますように。寒中の麦が必ず春の陽射しに巡り逢うように、あなたが光に出逢う日が決して遠くないことを、信じています。

（了）

Haruki Bunko
ハルキ文庫

た 19-30

晴《は》れときどき涙雨《なみだあめ》

著者 髙田《たかだ》 郁《かおる》

2023年 2月18日第一刷発行
2023年 4月18日第四刷発行

行者 角川春樹

所 株式会社角川春樹事務所
〒102-0074 東京都千代田区九段南2-1-30 イタリア文化会館

03(3263)5247(編集)
03(3263)5881(営業)

本 中央精版印刷株式会社

ット・デザイン 芦澤泰偉
ストレーション 門坂 流

BN978-4-7584-454 5 C0195 ©2023 Takada Kaoru Printed in Japan
h //www.kadokawaha ki.co.jp/[営業]
fan il@kadokawaharuki .jp[編集] ご意見・ご感想をお寄せください。

本書は二〇一四年十二月に 行された幻冬舎文庫を底本として、
幅に加筆修正を行い、「第三 」の書き下ろしを加え刊行しました。